손해 본다.
손해 보지
말아야지!

저자 _ 사랑나무 (강수정)

제목

손해 본다.
손해 보지 말아야지!

부제목: 마음공부 ————————————————————

인간관계가 어려운 당신, 정답은 당신 안에 있다!
우리 감정은 연결되어 있다. "뭣이 중헌디!"

    지금 이 책을 들고 펼친 당신!
    세상을 볼 때 내가 메인으로 세상을 삐딱하게 보면 삐뚤고 세상을
밝게 본다면 밝은 곳으로 이끌려 간다.
    마음만 먹으면 당신은 할 수 있다.

20년의 사회생활에서 깨닫지 못한 인간관계 그리고 스트레스와 어려움을, 내 안에 머물러 있던 힘든 감정들을, 글로 풀어 어떻게 극복하고 어떻게 좋아졌는지 그때 감정을 그대로 글로 표현한 책~!

저와 같이 사회생활, 가족 관계 등 사람과 사이에서 어려움으로 상처받고 아파하는 분들과 열심히는 살아왔는데 허탈하고 어떻게 살아가야 할지 막막하신 분들, 열심히는 살아왔지만 정작 무엇을 위해 살아가고 있는지 고민이신 분들께 적극적으로 권장해 드립니다.

2020년 12월 25일 마인드가드너코칭센터 임주리 대표님과 새벽 5시 기적의 방 모임에서 다양한 사람과 줌으로 매일 아침 만나 대화하고 내 대화 패턴과 상대의 대화 방식 등 우리가 어디에서 힘들어하며 어려움을 느끼는지 그때의 순간순간을 글로 그대로 적어 놓은 글입니다. 만약 글 속의 감정이 저와 같다면 당신도 극복할 수 있음을 먼저 얘기해 드리고 싶습니다. 당신도 분명히 알 수 없는 내 안의 감정 속에서 자유로워질 수 있고 내가 내 감정의 주인이 되어 통제할 수 있는 믿음이 생길 것이라 믿습니다. 제가 나의 감정에서 자유로워졌다면 당신도 할 수 있습니다.

목차

2021. 2. 4.

에고, 내 안의 반복되는 목소리

반복되는 것 중 에고에서도 평가란 말이 있네요~

"사랑은 없다. 해석만 있다." 사랑한다는 말로 포장해서 내 마음대로 해석하는 우리….

1. 31.(일) 생각 중

"인간은 축복과 판단을 동시에 할 수 없다."라는 것. 여기서 판단은 해석은 없다는 것과 같은 것….

2. 2.(화) 생각 중

어제는 판단, 엊그제는 해석이라는 말이 마음에 와닿습니다. 고로 내면에서의 울리는 평가, 판단, 해석을 어떻게 받아들이는지에 따라 삶의 방향이 달라지지 않을까 잠시 생각해 봅니다.

에고가 사라지는 것에 가까워질수록 모든 것이 하나임을 깨닫게 되고,

나와 타인을 평가하는 것을 자연스레 멈추게 되고,

생로병사에 집착하지 않고 안정적이고 침착해집니다.

마인드풀 TV 영상 中

나는 목적지가 없다!

　내 삶에서 스펙 쌓기, 자격증 따는 것이 목표였다면 지금은 경제적
자유를 얻기 위해 무엇을 먼저 해야 할 것인가? 목표를 높고, 크게 잡
아야 할 것 같다.

　그동안 목적지가 없으니 자격증에 시간과 돈을 쏟으며 달성 후 더

나아지고 풍요로워질 것이라고 생각했지만 삶은 달라지지 않았다. 난 10년 이상을 이 굴레에서 벗어나기 힘들었고 시간과 돈 낭비를 한 것은 아닌지 생각해 본다.

1. 1996. 12. 부기 3급

2. 1998. 12. 워드프로세서 3급, 대한상공회의소

3. 1998. 12. 워드프로세서 2급, 대한상공회의소

4. 1999. 12. 정보처리기능사 2급, 한국산업인력공단

5. 1999. 12. 정보기기운용기능사 2급, 한국산업인력공단

6. 2001. 1. 자동차 운전면허증 2종, 서울지방경찰청장

7. 2002. 5. 컴퓨터활용능력시험 3급, 대한상공회의소

8. 2002. 8. 자동차 운전면허증 1종, 서울지방경찰청장

9. 2005. 2. 일본어능력시험(JLPT), 일본국제교육협회

10. 2005. 12. 전산회계 2급, 한국세무사회

11. 2009. 12. 전산회계 1급, 한국세무사회

12. 2013. 12. 상공회의소 IT Plus 자격증, 대한상공회의소

13. 2013. 12. 컴퓨터활용능력 2급, 대한상공회의소

14. 2013. 12. 국가공인 전산세무 2급, 한국세무사회

15. 2013. 12. 국가공인 ERP정보관리사 인사 1급, 한국생산성본부

16. 2013. 12. 국가공인 ERP정보관리사 회계 1급, 한국생산성본부

덤으로 영어 공부는 놓을 수 없는 끈처럼 끊임없이 잡고만 있다.

지금 이 자격증이 나에게 주는 기쁨은? 다른 이들보다 빠른 취업 근

로자로 누군가를 위해 끊임없이 일해야 하는 노예 생활을 선택하고 있는 것은 아닌지? 말이 좋아 스펙이지 좋은 스펙 쌓아서 나를 상품화한 후 회사에 "나를 좀 사 가세요." 하고 홍보하고 있는 간판은 아닌지? 정작 내가 나를 위해 일할 수는 없나? 오히려 내가 다른 좋은 상품을 사 올 수는 없는 건가? 인간에게는 공평한 것이 시간이다. 시간은 생명이고 다른 누군가는 시간은 곧 돈이라고도 한다.

※ 시간=생명(건강), 돈, 그러므로 시간을 알뜰하게 아껴 사용해야 한다.

1. 시간으로 운동을 규칙적으로 한다면 생명(건강)을 얻고 돈은 벌 수 있다. (지금)

2. 생명(건강)으로 시간을 얻을 수 있고 돈을 벌 수 있다. (지금)

3. 돈으로 시간과 생명(건강)을 살 수 있다. (지금, 미래)

내 안의 신

내 안에 '우주=신'이 존재한다고 믿는다.

신의 형상으로 만들어진 인간, 전지전능한 사람인데 난 나를 어떻게 규정하고 행동하는가?

내 존재의 가치를 부정적 증거 수집에 온전히 에너지를 쓰고 있지는 않은지? 그 증거 수집은 내가 내 삶을 그렇게 만드는 각본이 될 수 있다는 것. 예로 "나는 시험을 잘 안 볼 것이 분명해!"라고 각본을 먼저 머리에 써 내려가면 그쪽으로 에너지가 흐르고 곧 시험을 잘 안 보게 된다. 내가 만들어 놓은 각본으로 나를 이끌고 그렇게 되었을 때 "그것 봐! 내가 뭐랬어! 이렇게 될 줄 알았어!"라고 한다. 자기 암시(생각)로 나를 판단하고 "난 원래 이런 사람이었어!"라며 스스로 판결한다.

※ 부정적 자기 암시

나는 게으른 사람이다(사람은 원래 게으르니까 나도 그렇다고 합리화한다).

나는 이기적인 사람이다.

나는 시기하는 사람이다.

나는 질투의 화신이다.

나는 무서운 사람이다.

긍정적인 자기 암시로 바꿔 보자!

※ 긍정적인 자기 암시

나는 부지런한 사람이다.

나는 따뜻한 사람이다.

나는 사랑스러운 사람이다.

나는 아름다운 사람이다.

나는 맑고 순수한 사람이다.

나는 지혜로운 사람이다.

예로 직장에서 나보다 10살 아래의 직원이 나보다 똑똑하고, 해맑고, 나보다 감정 컨트롤을 잘하고, 생각도 깊고 그래서 내가 그녀에게 핀잔을 주고 일을 못 한다고 질책할 때 그녀는 얼마나 상처였을까? 나 자신이 못난 것을 인정하고 싶지 않고 인정한다고 해도 그녀가 나를 깔아뭉개고 있다고 피해 의식을 느끼며 살았다. 피해자 코스프레, 곧 시작은 내가 가해자였다는 사실! 내가 그녀로 인해 상처받고 피해를 받은 것만 생각난다. 그녀를 인정해 주고, 받아 주려 하지 않고 밀어내고 질투와 시기로 쌀쌀맞은 눈빛, 시선들이 나로부터 시작해 그녀와의 관계를 멀어지게 만들었다. 그녀는 똑똑하고 해맑고 생각이 깊은데 나는 말귀도 잘 못 알아듣고 상사로부터 깨지고 이제 막 새내기 신입에게 밀리는 그 감정, 느낌이 불쾌하고 속상했다.

그래서 신입 새내기가 승승장구하는 모습이 눈에 밟히고 싫게만 느껴지니 신입은 자기를 미워하고 하대하는 사람이 얼마나 스트레스고 싫었을까? 하루하루 회사에 나오는 것이 힘들지 않았을까? 그녀의 입장에서 생각해 본다.

"난 오늘부터 내가 사람들에게 늘 피해를 받고 살며 많이 부족한 사람이라는 자기 암시 각본을 철회합니다."

"인간관계, 특히 사회생활, 사람들과의 관계에서 어려움이 늘 항상 따라다닌다는 자기 암시 각본을 파기합니다."

내가 새로 쓴 각본은 "나는 사람들을 좋아하고 도움을 주는 사람이다. 그런 나를 사람들은 좋아하고 사랑한다."입니다.

2021. 2. 26.

선언하기!

내 편이 없다는 자기 암시는 오늘부터 파기한다.
온 우주와 지구의 모든 생명체가 내 편이다!

선언 1. 우리 아이들은 매 순간 행복하다!
선언 2. 나는 사랑스러운 와이프다!
선언 3. 나는 경제적으로 풍요하고 자유롭다!

선언할 때는 '~하겠습니다.', '~살겠습니다.', '~되다.' 등 미래형이 아닌 현재형으로 생생하게 내 몸의 모든 감각이 느끼고 알아차릴 수 있게 생동감 있게 하기!

상처받은 아이

내 나이 40세, 정확히 학년으로 41세 중년이다.

내 안에서 아직도 상처받은 아이는 빙산의 일각처럼 아주 깊고 길게 뿌리가 박혀 있는 상처받은 아이를 어떻게 달래서 밖으로 조심히 "나와 봐~" 하고 손을 잡아 줄 수 있는 내 안의 또 다른 엄마인 내가 추위와 두려움에 경계하고 무서운 세상에서 외롭고 힘들고 떨리는 세상과 두려움에 쪼그리고 앉아 덜덜 떨면서 경계하고 많이 힘들어하는 내 안의 작은 꼬마에게….

다른 누구도 너를 해치지 않아. 너의 것을 뺏을 수 없어. 위험에 빠트리지 않아.

너를 보호하고 지켜 줄 든든하고 강한 보호자 41세 중년 엄마가 있잖아? 따뜻하고 사랑스럽고 너를 지지하고 응원해! 어느 누구도 너를 괴롭히거나 네가 편안하게 있어야 할 공간을 침범하지 않아. 그냥 네가 좋아서 너의 곁에 있고 싶을 뿐이야. 난 네가 참 좋다! 그뿐이야. 너를 해하거나 힘들게 할 생각은 전혀 없으니 안심하렴. 그 어둡고 컴컴하고 구석진 좁은 공간에서 한 발짝만 나와 보렴. 여기는 따뜻한 이불이 있고 포근하단다. 따스한 불빛이 있어. 너의 차디찬 손과 발을 따뜻하게 녹여 줄 거야. 추운 곳에서 혼자 외롭게 웅크리고 있지 말고 내 포근하고 따뜻한 손을 잡고 매일 한 발짝씩 앞으로 내디뎌 보렴.

얼마나 외롭고 쓸쓸하고 춥고 배고프고 두렵고 무서웠을까? 3, 4, 5세 너의 곁에서 너를 지켜 주고 보호해 줄 사람이 없었지만 지금은 41세의 중년 엄마가 너를 기다리고 있으니 무서워 말고 두려워 말아라.

한 번에 어렵다면 한 발짝씩 아주 천천히 조금씩 발을 내디뎌 봐. 난 항상 너의 곁에 함께할게. 사랑한다. 내면의 나에게.♡

2. 25.(일) 수요일 기적의 5시 방에서 제가 한 얘기 중 내 시간, 내 공간을 빼앗길 때 나오는 "용납하지 않겠어!"라는 말에 대해 글로 적어 봤습니다(저 깊고 깊은 내면의 아이가 외치면서 하는 말 "내 공간에 침범하면 안 돼!"라는 내면 아이에 대한 글).

빙산의 일각(내면의 나)

2021. 3. 1.

물어뜯기!

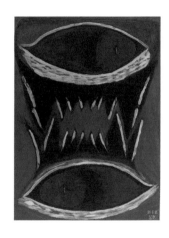

난 82년생 개띠다. 으르렁대고 사납고 공격적인 성향을 보인다.

난 감정에 솔직하기 때문에 쏟아 내는 말이 누군가를 물고 뜯어 상처를 또 주었구나!

내가 그간 40년 평생 살면서 듣고, 본 것이 전부인 줄 알았는데 이 세상은 온전히 내 해석, 판단(생각, 감정)으로 듣고 보고 다 모든 걸 혼자서 판결을 내려 버린다. 상대에게 독기 가득한 행동을 하며 상처를 주기 전 내 해석이 맞는지 점검을 통해 지금 빨간 불이다 싶으면 위험 단계이므로 말과 글, 행동을 잠시 멈추고 솔직하다는 잣대에 그들을 심판하려 하지 말자!

덧붙여 알게 된 것은,
용서란 '너를 위해 내가 용서한다.'가 아닌 '나를 위해 내가 용서한다.'이다. 부럽다는 것은 '당신처럼 나도 가능해요. 할 수 있어요.'라고 시동이 걸린 상태! 앞으로 액셀을 밟기만 하면 된다.

'끈기, 지속력을 가지고 있고 넌 에너지가 맑다.' 나에게 칭찬 많이 해 주기(장점, 강점 찾아보기)!
하루 산책, 달리기 운동할 때 출발 시점부터 도착 시점까지 5km를 쉬지 않고 뛸 때 처음 왼쪽 배가 콕콕 아프고, 폐가 찌릿찌릿, 마지막 목까지 숨이 턱 막힐 때가 데드 포인트이다. '사점(死點)' 전까지 포도당(탄수화물) 에너지를 끌어와 사용했다면 데드 포인트는 '케톤(Keton) 대사' 내 몸의 지방을 분해해 사용하는 에너지! 이때 지방이 타는 느낌이 든다. 갑자기 든 생각인데 인간이 호사로 죽을 때 말로 표현할 수 없을 정도로 편안함이 보인다고 한다. '현상(지금의 세계)의 죽음은 두렵지만, 그 후 존재(영적 세계)는 더 좋구나!'라고 생각이 드는 시간이었다.

무덤, 나무, 흙으로 돌아가기. 죽음!

첫째 왈, "엄마 죽으면 무덤 사서 무덤에 묻혀 줄 거야!"

첫째가 동생과 대화 중 하는 말, "둘째야, 엄마 아빠 돌아가시면 어떡하지?"

친할머니가 분가할 때, 작년 5월이었다. 첫째는 친할머니에게 그간 3개월 동안 할머니 돌아가시면 어떻게 하냐는 질문을 아침저녁 생각 날 때마다 자주 했고 아무도 그에 걸맞은 대답을 해 주는 사람이 없었다. 난 그냥 "할머니 안 돌아가셔."라고만 했을 뿐…. 우리 큰아들 첫째는 "나를, 우리를 돌봐 줄 사람이 없어지면 어쩌지?"라며 돌봄의 필요성 그리고 자기를 돌봐 주고 사랑해 주는 따뜻한 사람들의 죽음과 그 공포에 대한 질문을 자주 하곤 한다. 자기를 돌봐 주고 아껴 주고 사랑하는 이들이 이 세상에 없다면 어떨지 생각하는 아이의 생각을 잠시 들여다본다.

부모는 자녀들의 든든한 버팀목이자 지지대, 보호막이다. 점점 자녀들이 성장하면서 부모는 조금씩 자리를 비켜 주고 자녀 스스로 살면서 실패와 많은 실수와 경험을 통해 깨닫고 깨우치고 알아 갈 수 있는 조언자이자 응원자가 되어야 한다는 걸 느끼는 시간이다. 자녀들이 스스로 독립할 수 있게…. 부모란 사람이 없을 때 자녀들이 큰 상실감을 느끼기보다 부모를 떠나보내며 괴롭고 슬프지만 아픔을 받아들이고 떠나보낼 수도 있어야 한다는 것을….

살면서 우리가 받아들이고 싶지 않은 죽음이란 놈은 우리 삶, 사는 것의 짝은 죽음 아닐까?

"잘 죽기 위해 잘 살아야 한다." 몸은 살아 있지만 죽어 있는 영혼들에게….

'나는 죽음이에요. 내 안에 살아 있기 위해 무엇을 해야 하나요?'

'나는 아이들 속에서 무엇으로 남아서 숨 쉴 것인가?'

2021. 3. 4.

년. 년. 년. (눈눈눈)

사실은 하나, 생각과 감정은 우주처럼 많은 세상에서 살아가려니…. 생각과 감정에 지배되어 살아가는 사람이 무수히 많다는 것을 또 한 번 알게 되었다.

내 속의 죄책감이란 눈은 나를 얼마나 많이 그 많은 세월 동안 괴롭히고 힘들게 했을까?

사실은 하나이듯 나머지 생각(감정)의 소리를 그대로 나인 양 받아들이지 말고 "개둘기(개 같은 비둘기년 또 저런다!)"라고 외쳐 보기. ㅎㅎㅎ

살면서 고지식, 도덕주의, 자상한, 착한, 품위와 품격 있는, 학식, 박식 있는 사람처럼 살려니…. 내 안, 저 바닥에 있는 찌질하고 옹졸하고 싸가지 없고 고약하고 못되고 착한 척하는 나쁜 눈인 난 얼마나 세상 밖으로 나와 보고 싶어 했을까? '나, 내' 마음 편하기 위해선 이 눈들을 받아들이고 인정해야 한다!

살면서 너무 진지하게 상황들을 받아들이지 말고 능청스러움이 필요하다는 것도…. 살아가기 좀 더 수월해지지 않겠는가? 너와 나 그리고 신이 이 세상에서 각자의 일을 하는 것처럼.

분노, 화, 짜증 폭발, 신경질 등

<의식의 변화>

아래 사례는 마음공부를 시작한 지 얼마 안 된 시점에 있었던 일이다. 지금 생각하면 문제 원인 제공자는 나이다.

나로부터 세상이 시뮬레이션처럼 펼쳐진다는 사실을 명심하자.

바로 당장 세상을 바꿀 수 없다. 하지만 내가 나를 바꿀 수 있고 그 전파의 파동이 세상을 바꾼다.

* 사례

정말 싫고 밉고 하는 행동 하나하나 다 모두 맘에 안 들 때, 그 감정은 누구로부터 어디에서 왔나?

큰아들은 내 모습을 80% 닮은 아이다.

그런 큰아들이 자꾸 걸린다. 눈에 밟히기도 하고 나의 분노, 짜증, 화 또한 그대로 닮아 있는 모습을 보면서 격분하는 나를 자주 보고 놀라고 크게 반응하고 나를 공격한다고 생각하고 위협한다고 생각한다. 나의 사례처럼 마음공부 시작 초기에는 내가 문제가 있는지조차 파악하지 못하고 인정하지 못한다. 내부에서 찾기보다 외부에서 찾는다. 때문에 문제의 시작과 끝은 반복적이고 개선이 되지 않는다.

2021. 3. 14.

갑자기 와닿았던 글귀였다, 나 또한 내 마음을 온전히 어디에 두어야 할까?

누가복음 10장 58절

예수께서 가라사대, "여우도 굴이 있고 공중의 새도 집이 있으되 인자는 머리 둘 곳이 없도다." 하시고,

Luke 10:58

And Jesus said to him, "Foxes have holes and birds of the air have nests, but the Son of Man has nowhere to lay his head."

나란 사람

<의식의 변화>

알 수 없는 갈증에 목말라하고 무언가를 찾고자 한다. 그 원인은 내면에 있는 나에게 정답이 있다.

난 누구인가?

무엇을 하기 위해 이곳에 왔는가?

난 무엇을 할 수 있는가?

난 무엇이 되고 싶은가?

이곳에 나라는 사람으로 태어나 지구에 와서 여기 난 무엇을 위해 인생을 살고 싶은가?

이곳 나로서의 삶이 우선인가? 여기 내가 우선인가?

나의 길과 선택은 무엇인가?

내 안의 무수히 많은 인격과 감정과 생각은 어디에서 왔는가?

그것들은 진실인가? 참인가?

난 왜 이런 생각과 고민을 하는가?

진정 난 누구인가?

잠시 왔다가 갈 여기 나는 이곳에 와서 무엇을 이루고 떠나려 하는가?

지금의 이 시간과 생명을 어떻게 사용할 것인가?

판단하고 생각만 하다가 세월을 보낼 것인가?

행동으로 보여 줄 것인가?

하나님이 아버지이고 자연이 어머니이고 해가 오빠, 형이며 달이 언니, 누나인가?

사람은 사람들은 무엇인가?

형제이고 자매인가?

길은 많습니다. 현재 가고 있는 길이 조금 가파른 것뿐입니다.

대신 길은 공평합니다. 힘든 길 끝에는 그만한 대가가 있습니다.

새해에는 힘든 길도 피하지 마세요.

2021. 3. 15.
고약한 쌍년

03. 14.(일) 오전 경제 스터디 줌 수업 시간에 엄마로부터 온 세 차례 전화가 계속 울린다.

별로 받고 싶지 않다. 또 고약한 쌍년이 등장하는 걸까? 휴, 답답하다. 전화를 받으면 짜증과 분노가 쏟아져 나올 것 같은 불안함에 전화를 피했다. 역시 오후 1시경에 또 연락이 왔다. 받았고 난 분노와 짜증을 폭발적으로 엄마에게 쏟아부었다. 같이 사는 어르신이 새로 집을 사면서 자랑질을 하려고 집들이하러 오라 하냐며…. 어르신은 자린고비로 안 먹고 아껴서 점차 집도 늘려 가셨고 힘겹게 고생하고 애써 오신 것도 안다. 그런데 우리가 친정에 갈 때마다 느끼는 것처럼 본인 자랑거리만 늘어놓고 그 나머지 사람들은 투명 인간 취급을 당하는 기분이 썩 좋지 않다. 그래서 집들이하러 오라고 할 때도 흔쾌히 축하해 주고 가고 싶은 마음도 없다. 이번 우리도 이사를 하면서 친정집과 더 멀어져 간다. 그래서 엄마도 섭섭해하셨고 그런데 한편으로는 자주 안 가도 된다는 생각에 속은 편했다.

친정엄마에게 그렇게 모질게 쏟아붓고 문자로 사과하면서 죄스러움이 또 밀려오고 마음이 불편했다.

아니나 다를까 첫째와의 관계도 최악이다. 어제 같은 초등학교 5학년 J 라는 형이 첫째에게 위협과 협박하며 117에 신고한다고 했다. 무섭고 힘든 상황을 엄마라고 나에게 얘기해 줬는데 오늘 첫째와 트러블이 있으면서 난 그 약점을 빌미로 "네가 그렇게 행동하니까 J 가 너를 함부로 대하지!"라며 고약하게 대했다. 그랬을 때 첫째의 기분은 어땠을까? 엄마한테는 이제 말하지 말아야겠다고 생각할 것 같다. 그렇게 말하면 상처가 될 것이라는 걸 알면서도 난 왜 벌처럼 세게 강타를 먹일까? 잔인하다. 못됐다. 이런 생각들만 맴돈다. 오늘 기적의 5시 방에서 전처럼 말이 떨어지지 않았다. 왜일까? 뭔가 눈치를 보고 있는 나 자신을 발견해서일까? 진정으로 하고 싶은 말은 안 나오고 기부에 대한 대화만 하다 나왔다. 다른 사람들은 자기 속내를 쉽게 내보이지 않는데 나 혼자만 계속 까발리는 느낌도 들고 창피해서일까? 기분이 좀 이상했다.

<의식의 변화>

우리는 부모로부터 탄생했기에 연을 끊을 수 없고 부모처럼 살지 않겠다고 하면서 부모와 같은 삶을 살아가는 우리를 본다. 내 뿌리를 거부할 수 없기 때문에 그러하다. 해결 방법은 우리의 뿌리를 있는 그대로 인정하고 받아들이기 그리고 내 부모를 인정하고 존중했을 때 나와 부모로부터 생겼던 문제가 해결된다.

2021. 3. 16.

무한 반복(왜)

'나는 왜 그러지?'가 아닌 '내가 또 이러고 있구나~! 난 어느 방향으로 가고 있지?'

내가 소중하고 특별한 존재라는 생각을 버리자. 내가 얼마나 형편없는지! 있는 그대로를 보자!

내 그림자…. (어르신) 옹졸하고 인색하고 거만하며 싸가지 없고 고약한 등 그쪽으로만 증거 수집 중…. 그 반면에 자상하고 소리 지르지 않으며 끈기 있고 책임감 강한 사람이라는 건 통으로 날려 버렸다.

모든 사람과의 관계에 있어서 "쟤는 왜 그래?"라고 말하는 사람이 있다면 그들이 내 그림자이다.

그 그림자는 내가 싫어하는 나이기에 그냥 싫고 밉고 짜증 나고 화나는 거다. 그 그림자들은 나에게 가르침을 준다! 그 그림자를 욕하고 모욕 주고 한다면 그 부정(욕과 모욕)은 곧 나의 미래다! 그렇기에 주변 사람들 욕하는 것을 멈추기! 그리고 좋은 긍정 에너지를 끌어들여 긍정 곧 나의 미래를 나 스스로 만들기!

어르신에게 축하를 드리고 인정해 드린다.

"엄마를 편한 곳에서 지낼 수 있게 해 주심에 마음이 놓이고 안심이 되네요."라고 말하기!

욕하고 소리 지르고 있는 사람은 형편없는 엄마다. 자상한 엄마를 선택하기 위해 난 뭘 하지?

무한 반복은 곧 남 탓만 하면서 내가 원래대로 살고 싶어 하는 것은 아닐까?

좋은 방향으로 가려면 난 어떻게 해야 하지? 내가 이러고 있구나! 감정적(감수성)이었다고 알아주기!

<의식의 변화>

있는 그대로 받아들이기! 깨어남, 긍정적 반응 필요!

'왜 그러지?'가 아닌 미친년 또 지랄이라며 내 그림자로 주변 사람들을 욕하고 싶을 때,

내가 또 이러고 있구나~! 난 삶에서 선택(긍정, 부정)을 할 수 있는 막강한 큰 힘이 있다!

2021. 3. 17.
부모력(대물림)

오늘 기적의 5시 방, 내 삶에 부모력의 영향력이 엄청 크다는 것과 내가 하는 행동, 생각들….

내가 싫어했던 부모님의 모습이 내 삶에도 배어 있다는 걸 다시 한번 알게 되는 좋은 시간이었습니다. 고맙습니다.

<의식의 변화>

내 엄마, 아빠

→ 엄마의 외가 쪽 외할머니, 외할아버지

→ 아빠의 친가 쪽 친할머니, 친할아버지

→ 가족력을 그려 보고 그분들이 처음부터 엄마, 아빠가 아니듯이 각각의 입장에서 그 여자, 그 남자로 바라봐 주기

『어설픈 부모 밑에서는 자식 노릇하기도 힘들다(저자 이정석)』는 후학 지도에 여념이 없는 청학동 훈장의 육하원칙 자녀 교육법 책이다. 부모가 변해야 자녀 교육이 성공한다, 나이에 맞게 가르치는 기술, 콩나물시루에 물 주는 지혜, 산은 산에서 물은 물에서 말하라. 몸으로 배우는 체험 교육, 홀로 서고 더불어 사는 세상 등 자녀 교육의 원칙을 알기 쉽게 이야기로 풀어 썼다.

생각의 늪에서 허우적거릴 때

    오늘은 기적의 5시 방에서 상대방을 미워하는 감정 분노, 답답함의 늪에 빠져 있는 나를 꺼낼 수 있는 방법은 그 사람이 얼마나 자상하고 책임감 있고 생활력 있는 능력자인지를 되새기고 나 스스로 나를 어두운 늪에 빠트리고 있고 그곳에서 허우적거리며 얼마나 혼자 발버둥을 치고 힘들어하는지 인식하고 최대한 빠르게 늪에서 빠져나와야겠다고 생각하는 좋은 시간이었습니다. 정말 유쾌하고 즐겁고 꽉 찬 대화들이었습니다. 고맙습니다.

<의식의 변화>

    내 감정은 내가 선택할 수 있다.

2021. 3. 24.

저주

끊임없이 누군가에게 받아야 한다고 생각하는 난 아직도 3, 4, 5살에 갇혀 있구나!

이 아이는 언제쯤 성장해 새장 밖으로 나올 수 있을까? 오늘 난 어린 유아기 시절 못 먹고 못 입고 영양실조라는 지금 시대에 걸맞지 않은 열악한 환경에서 나보다 좀 더 나은 사람을 보면 시기하고 질투하며 심지어 친척들이 나를 포함한 가족을 보살펴 줬어야 하는 것 아니냐는 생각에 꼬리를 물고 피해자로 남아 있었던 나와 내가 설정한 모든 가해자에게 사과한다.

<절대 기도>

나와 너 그리고 신만이 아는 걸까?

절대 기도를 할 때 좋은 것과 나쁜 것을 상반되는 신념으로 기도를 올려 원하는 것이 이뤄지고 있지 않는 걸까? 간곡히 원해서 일어나는 일과 일어나지 않는 일은 내가 일치하게 일관되게 우주에 연결하지 않아서일까? 예로 부자들을 시기, 질투하면서 돈 많은 부자가 되고 싶어 한다는 건 상반되는 끌어들임으로 내면에 부자를 미워하는 마음이 부를 멀게 하고 부가 나에게 오지 않는다. 부자가 되고 싶다면 진심으로 세상에 있는 모든 부자를 먼저 사랑하자.

내 마음이 바다같이 깊고 푸르러서 사랑하는 가족과 평화롭고 사회에서도 사랑받고 사랑을 더욱 많이 나누어 주는 사랑스러운 나임에 감사합니다.

내가 지금까지 생각해 온 나만을 위한 내 고집을 내려놓고 깊은 바다처럼 엄마처럼 포근한 마음과 진심 어린 넉넉한 마음으로 충만한 삶과 세상을 바라볼 수 있는 눈과 마음을 갖고 있음에 감사합니다.

자녀들에게 규칙과 규율을 강요하는 무섭고 단호한 엄마가 아닌 단짝 친구처럼 비밀 없는 최고의 친구가 되어 진심 어린 다정함을 공유하고 나눌 수 있는 포근한 친구 같은 엄마임에 감사합니다.

내가 진심으로 사랑해 주며 아껴 주는 사람을 찾는 눈과 마음을 갖고 지금 바로는 아니지만 서서히 점차 잘 이루어 냄에 감사합니다. 내가 마음의 공허함이 있을 때 내 몸을 더 소중히 여기고 사랑하며 신랑과의 관계에서도 보다 풍부하고 유쾌한 관계로 삶의 질이 향상됨에 감사합니다.

내가 찾고 있는 꿈 아이디어가 세상에 나와 사람들이 공감하고 유용하게 잘 쓰고 편리한 삶을 살 수 있도록 잘 활용됨에 감사합니다. 내가 좋은 가정을 이루고 행복하고 안정적인 자유, 여유 있는 삶을 살게해 주심에 감사합니다. 가족 모두 건강하며 사랑하는 가족과 좋은 추억, 경험을 많이 쌓고 경제적으로 안정된 삶과 여유 있는 생활을 할 수있게 해 주심에 감사합니다.

\<코칭>

지금은 그렇지 않지만 앞으로 그렇게 되어야 하는 것은 없음을 재인식하는 과정이라서 지금 나에게 그것들이 있음을 충만하게 느끼고 기뻐하고 감사하는 것이 절대 기도이다.

나에게 없는 것을 우리가 원하지 않는다는 것, 내가 질문을 가지고 있다는 것은 내가 답을 알고 있기에 질문할 수 있는 것이고 내가 답을 모른다면 질문조차 할 수 없다는 것이다.

\<의식의 변화>

하와이 사람들의 정화법: '호오포노포노'의 뜻, '미안합니다, 용서해 주세요, 감사합니다, 사랑합니다.'

호오포노포노는 간단히 말해 '바로잡다' 혹은 '오류를 수정하다'를 뜻한다. 호오는 하와이 말로 '원인'이라는 뜻이고, 포노포노는 '완벽함'을 뜻한다. 고대 하와이인들에 의하면 오류는 과거의 고통스러운 기억들의 얼룩진 생각에서 비롯된다고 한다.

좋은 에너지를 발산하면서도 이 어두웠던 저주의 감정이 밑바닥에 장애물처럼 남아 내가 나를 힘들게 하고 있었구나! 오늘이라도 이 깨달음을 알게 해 주시고 용서해 주셔서 감사합니다. 나 스스로 인식하는 좋은 기회를 주셔서 정말 고맙습니다. 사랑합니다. '미안합니다, 용서해 주세요, 감사합니다, 사랑합니다.'라는 표현 방법은 내 안에 있는 나를 달래고, 깊은 내면의 나에게 용서를 구할 때 효과적이다.

2021. 3. 26

No Pain No Gain
(고통 없이는 얻는 게 없다)!

고통이 동반되어야 얻어지는 게 있다고 생각하는 것은 누구로부터 왔을까?

슬픔 뒤에 기쁨이 온다는 생각은 누구로부터 왔을까?

고통 뒤에 행복이 온다는 생각은 누구로부터 왔을까?

인간의 삶 속에서 무수한 선택 중 나는 어떤 선택의 생각으로 행동을 하고 있는 걸까?

바다에 빠졌을 때 파도와 물살에 몸을 맡기면 어떤 일이 일어날까?

깊은 바닷속에서 살겠다고 허우적거리고 힘을 쏟아부으면 어떤 일이 일어날까?

처음 수영을 배울 때 겁에 질리고 무서워 힘을 썼더니 물 위에 안 뜬다. 그 이유는 뭘까?

내가 기대하지 않은 어떠한 일이 왔을 때, 순종하며 "예." 하고 받아들이게 되면 또 다른 기회로 나에게 오는 걸까? 어떻게 하면 유익하고 재미있게 사람들을 좋아할까 생각하며 쉽고 재미있는 선택을 할 수 있을까?

기도하고 구하는 것이 나에게 있는 것일까? 어떤 상황에서나 자기 점검이 필요하다. 항상 무엇을 하는지 시간에 쫓기고 바쁘고 많은 일을 하면서 시간 속에서 허우적거리고 있는 건 자기 점검이 필요하다.

<의식의 변화>

고통이 있어야 원하는 것을 얻는다는 끌어들임과 자기 암시는 내가 어떻게 선택할 것인가에 달려 있다.

고통 없이 즐겁고 편안하고 안전한지를 생각하며 원하는 것을 얻어 보자.

자기 점검을 위해서 우선 잠시 멈춰서 내 마음을 글로 하나씩 써 내려가며 나를 살펴보고 내 안의 내면을 들여다본다. 다 쓴 글을 재차 반복해서 읽다 보면 내가 하소연을 하고 싶은 건지 인정받고 싶은 건지 외로운 건지 내 글 속에 답이 있다.

2021. 3. 27.
사기꾼, 말 납치범

믿으면 안 돼! 사람들을 믿지 않겠어!

난 친할머니로부터 따뜻하고 포근한 사랑을 받았다. 유아기 때 친할머니께서 아끼시던 거울을 내가 내 분에 못 이겨 깨 버렸을 때 화내시기는커녕 한없이 따뜻하고 포근하게 꼭 안아 주셨던 그 사랑을 난 간직하고 있고 그때의 할머니 사랑이 내 안에 함께함에 감사한다. 포옹과 사랑으로 안아 주고 아껴 주심을 받았을 때 난 얼마나 사랑받았는지 몰랐다. 그때부터 친할머니는 내 안에 그 따뜻했던 모습으로 남아 있다.

지금은 세상에 안 계시는 친할머니께

친할머니, 제 안에서 저와 같이 아이들을 함께 사랑으로 잘 키워요! 사람을 미워하고 믿으면 안 된다고 생각한 건 친할머니와의 생이별로 엄마가 친할머니 곁에 가지 말라고 하는 말에 그렇게 행동하면서 내가 그렇게 그리워했던 존재인데⋯. '사람은 믿을 게 안 되나 보다.' 생각한 것이 지금까지 사람은 믿을 게 못 된다고 생각한 나의 필터로 나에게 오는 좋은 많은 기회를 잃어버린 날이 얼마나 많았을지 생각하니 아쉽습니다.

세상의 사람들은 모두 자기 실속을 챙기는 사기꾼이라고 생각했던 내 필터를 걷어 내고 정작 나 스스로가 만들어 낸 필터로 세상을 보니 그러했던 건 아닐지? 정작 사기꾼은 내 안에 있는 나는 아닐까?

사람들과 대화할 때 내가 하고 싶은 말이 있으면 상대방의 말꼬리를 잡고 내가 말하고 싶은 것을 연결하는 등…. 말을 중간에 납치하는 내 모습이 말 납치범이라는 신조어를 만들어 냈다.

내가 나를 들여다볼 줄 알며 어느 부분 어디에서 막혀 있고 거기를 어떻게 개선할 것인가? 내 안의 나를 있는 그대로 바라볼 때 진정으로 삶의 이치를 조금씩 알아가는 것.

2021. 3. 28.

생각해 보니 나도 모르게

일상생활에서 나와 비슷한 주제와 상황이라고 판단과 해석해 다른 사람을 판결하고 심판하려는 난 누구인가? 그들에게 조언, 충고로 잘난 체하고 싶어 내 생각을 나도 모르게 전달하고 있는 것은 아닐지 생각하는 시간이었다. 나 포함 누구든지 나이가 많든 적든 사람들에게 충고랍시고 조언이랍시고 그들의 머릿속 기준에 맞게 심판할 때 거북하고 불편한 감정이 맴돈다. 누군가를 조언해 주고 싶다면 누군가에게 충고해 주고 싶을 때 상대방이 준비되어 있는지 물어봐 주고 듣기를 원한다면 그때 아주 조심스럽게 말을 꺼내야 하는 것이다.

우리 자녀들에게 난
무엇을 내려보내 줄 것인가?

자녀란?

내 유전이고 번식이며 태어나 삶의 연속성을 이뤄 줄 수 있는 내 염색체이다.

아직 어린아이기에 어른보다 아직 힘이 없고 작은 존재라는 이유로 지적질하고 밖에서 풀지 못하는 이 한심한 어른은 집에서 작은 존재들을 희생양 삼는다. 밖에서 잘난 체하면 손가락질을 받을 것이 뻔하니 안전한 내 울타리에서 휘젓고 있는 건 아닌지? 하나님(하느님)은 우리를 창조하실 때 내 소유라고 하시지 않았듯 하나님의 자녀인 자식은 내가 이곳에서 엄마로서 내 배 아파 출산했다고는 하지만 창조주께서 내려 주신 영적인 존재들이다. 곧 내 소유물이 아니다.

"자녀는 내 것이 아니다." 난 그 영적인 작은 존재를 하나님 대하듯이 할 때 연약한 존재일지언정 하나님을 대한다고 익히 들어 왔다. 매번 내 소유물, 내 것이라는 착각 속에서 살려 하니 부대끼고 막 함부로 대하는 나를 보면 하나님께 기도하고 보살펴 달라고 하면서 왜 난 영적인 작은 존재, 내 옆에 항상 같이 있는 하나님의 선물인 보물들을 막 대하고 있는 것인가? 이는 곧 하나님을 대한다는 것을 명심하자!

둘째에게 언젠가 의지하려는 내 모습이 보일 때 잠시 멈춰! 이 아이는 지금 엄마에게 관심을 받고 사랑받기 위한 작은 존재일 뿐이야. 내가 더 크다. 그러니 아이에게 기대는 부모가 아닌 작은 존재를 위해 지켜 주고 보살펴 주고 아낌없이 주는 사랑의 큰 부모가 되자!

40세부터 시작(65세까지 청년기)

내가 사회생활과 학업, 결혼, 육아를 겸하며 벌이를 해 온 것이 벌써 17년이구나!

세월 정말 빠르다. 중년이라 생각한 41세에 접어들면서 이제 좀 천천히 가자, 쉬자고 생각한 내 시스템이 나를 나태하게 하고 열정을 멀게 하는 원인이었구나! 의식을 바꿔 보자! 이제부터 시작이다!

120세 시대를 바라볼 때 아직 80년이 남은 해를 어떻게 알차게 보내면 좋을까? 인생 시스템을 재가동해야 한다. 어제까지 파란불로 유유한 삶을 생각했다면 오늘은 노란불이다. 아마 내일은 빨간불이 될지도….

20년 평생 버티기라면 누구보다도 잘할 수 있는 나였고 지금의 내 나이 41세는 정면 돌파, 정면 찌르기 단계라는 것! 무엇이 그리 두렵고 겁이 나는 걸까?

한번 시작하면 멈추고 싶지 않은 내면의 욕심과 꿈 많은 나를 알기에…. 해 보자! '피곤하다, 지친다, 잠이 더 필요하다, 이러다가 아프면 어쩌나, 건강이 우선이야.'라는 안일한, 약한 내면의 속삭이는 에고와 타협하면서 지금 살고 있는 나에게 그리고 피곤에 찌들어 있었다고 나를 합리화하고 지친다는 증거 수집에만 온 신경을 쓰고 하루하루를 보내고 있었던 것은 아닐지 다시 한번 생각해 보게 된다.

내가 나(너)를 어떻게 설정하느냐에 따라 세상이 그대로 보이는 홀로그램(가상 현실) 속에 나는 여기에 있고, 두 아이의 엄마이자 와이프로서 이곳에 나타났다. 난 무엇이든지 잘할 수 있고 해낼 수 있다. 난 믿는다.

사람들과의 관계에서 나를 비난하고 지적질할 때 다른 누구보다 내 안의 내가 더 많이 비난하고 지적질한 적은 없는지? '낯선 사람들이 나를 얼마나 안다고 지적질이고 비난이야?' 생각할 때 그들은 한 번 말했지만 난 그 말들을 수만 번, 수천 번 되씹으며 스스로 지적질한다. 안타깝다. 그러고 있기에, 그런 모습이 행동으로 보이고 사람들은 그 보이는 모습을 보며 또 비난과 지적질을 한다. 곧 난 비난을 받아도 마땅하다고 선포하고 다니는 꼴이다. 그런 사람들을 난 또 비난하고 지적하고 다람쥐 쳇바퀴처럼 반복된다. 누군가가 나를 지적할 때 "그렇구나! 내가 그러고 있구나!" 하며 인정하면 거기서 멈춘다.

말다툼

신랑과의 생활에서 최근 내 말속에 짜증과 신경질이 배어 나온다.

그중 시모를 끌어들이려는 신랑이 난 맘에 들지 않는다. 어제저녁 일찍 누워 자려고 할 때다.

빼곡히 얼굴을 내밀며 우리 이사하는 날 어머님이 오셔서 아이들 돌봐 주신다고…. '뭐 이런 개 풀 뜯어 먹는 소리야!' 속으로 생각하며 잠을 잤고 새벽 4시 좀 넘어 눈을 뜨자마자 그건 아니라는 생각이 머리에 스쳐 지나갔다. 그래서 이렇게 카톡에 남겼다. "어머님은 차후 짐 정리 다 하고 오시라고 하세요. 우리끼리 짐 정리해야죠. 내 집에 첫날부터 마음대로 침범하는 거 같아 불편하고 고생스러우니 아주 나중에 짐 정리 깨끗하게 되면 오시라 하세요."라고…. 서울에서 결혼 후 어머님이 살던 집에 싱크대와 도배, 장판만 하고 어리바리한 어린 며느리가 들어와 산 지 10년이 지났고 이제 모처럼 내 집이 생겨 깨끗하고 예쁘게 꾸미고 4인 가족의 오붓한 시간과 새로운 시작을 꿈꾸며 보내야지 하는 생각으로 기대와 기쁨에 가득한 나에게 이사하는 당일 오신다는 말은 김빠지는 소리였다. 속으로 '이 사람 나이는 44살이나 먹고 왜 아직까지 엄마를 찾지? 휴, 답답하다.'라는 생각만 든다. 아침 일찍 나에게 재차 묻는다. 어제는 오라고 했다가 오늘은 왜 오지 말라고 하냐며 오락가락하게 한다나? 엄마랑 통화하면서 결정을 다 내리고는 나한테 저녁에 통보하듯이 말한 사람이 누구인데? 난 거기서 멈췄어야 하는데 이런 말을 했다.

아직까지 엄마 치마 속에 있으려 한다고 말해 버렸다. 나는 시어머니와 한집에 살면서도 그런 생각을 많이 했고 작년에 겨우 분가했는데 저 사람은 우리의 울타리에 왜 자꾸 어머님을 끌어들이는 건지 도무지 이해가 안 된다. 아침부터 답답하고 짜증 나고 불쾌해서 찝찝한 기분은 집에 있는 이불과 빨래를 종일 돌리며 스트레스를 풀고 있다. 아직까지도 시모와의 불편했던 감정들이 새록새록 돋아난다. 시모는 고마운 분, 베풂이 많은 분이라는 것도 아는데 하필 이사하는 첫날부터 와서 선심 쓰듯이 하려는 시모와 신랑은 너무 닮았고 좋을 때도 있지만 특히 시모는 더 불편하다. 시모와의 이런 불쾌하고 불편한 감정이 계속 머릿속에서 맴돌고 멈출 수가 없다. 누가 나 좀 꺼내 주세요!

<의식의 변화>

대한민국 결혼한 며느리들은 알고 있다. 시집은 시집일 뿐! 친정집이 될 수 없다.

이 당시 난 무척이나 피해 의식도 강하고 고마움을 있는 그대로 받지 못했다. 사랑, 관심, 고마움도 받아 본 사람이 잘 받는다고 애정 어린 사랑에 낯선 사람들은 그 고맙고 감사함을 있는 그대로 보지 못한다. 내가 그랬고 그 속에 기분 나쁜 불쾌함을 끌어들여 오히려 상대로 하여금 관심에서 벗어나도록 만들었다.

사랑도 많이 받아 본 사람이 잘 준다는 말이 떠오른다.

나 자신을 나도 모른다

멍청하다! 벽창호! 말귀를 못 알아듣는다!

내 생각 안에 갇혀 내 생각만 하느라 사람들이 말하는 입 모양만 보이고 소리를 잘 듣지 않는다.

제대로 듣지 않았으니 다시 물어보고 사람들이 다시 말하게 반복해서 같은 질문과 답변을 재확인하며 듣는다. 그런 본연의 마음은 뭘까? 사람들로부터 관심을 받고 싶고, 쳐다보게 하고, 대화하고 싶은 친밀감과 관계를 맺고 싶어서다. 외롭고 싶지 않아서다. 사람들과 함께하고 사람들과 친밀해지고 싶은 사람, 사랑받고 싶은 사람, 챙겨 주고 존중과 신뢰를 받는 사람이 되고 싶은 파트너십을 원한 것은 아닐까? 내 안에 관심을 받고 싶은 세팅을 오늘 이후 제대로 재설정한다. 이렇게 반복해 본다. "난 똑똑하고 현명하며 재치 있고 사람들은 나를 좋아하고 나와 있고 싶어 환장한다."

<의식의 변화>

제대로 못 알아들어 번복할 때 내면에 관심을 받고 싶다가 깔려 있다.

이런 엉뚱한 관심보다 제대로 듣고 대화에 집중하고 참여할 때 상대의 말을 깊게 경청해 줘서 신뢰를 얻는다.

대화를 할 때 '잘 듣고 말합니다. 통째로 듣습니다. 정확하게 듣습니다.'

리더십의 정의? 리더를 찾아서!
리더 찾아 삼만 리!

진정한 리더십이란? 나 포함 모두 리더십은 다른 사람 일이라 생각한다.

내가 감히 리더라고? 나를 낮춰 생각하며 리더란 엄청난 능력자이자 우러러볼 수 있는 사람이라고 단정한다. 우리 모두는 소극적이지만 적극적인 면도 가지고 있다.

동전의 양면처럼 선택은 내가 하는 것 아닐까? 그동안 소극적인 나를 선택하면서 얼마나 많은 기회를 놓치고 살았는지…. 적극적으로 끌어들이는 좋은 기회도 경험한 적이 있는데 말이다.

그동안 회사는 물론이고 많은 강의와 서적에서 나오는 공통된 리더십에 대한 교육 자료들을 보면서 마음에 와닿지 않고 다른 사람들의 이야기로만 편협하게 생각한 나는 오늘 아침 리더십이라는 주제의 이야기가 신선하게 와닿았다. 40년 동안 리더가 아닌 '을'로 살았지만 오늘 이후 내 삶의 리더 '갑'으로 삶의 영역을 만든다.

2021. 4. 23.

사람들을 싫어하고 짜증 나 하는 이유?

세상은 위험해! 나를 이용해 먹어(최선의 방어는 날카롭고 뾰족해지는 것)! 시기, 질투, 고약한 마음은 이용당하지 않을 거야!

하지만 이런 생각에 지배되어 오히려 이용당하게 된다.

나의 행동이 감정을 따라오게 만들자! 모르겠다는 "상관하지 마! 간섭하지 마! 내 멋대로 할 거야!"

익숙한 맛을 보고 싶다. 깨어 있는 사람이 아니다. 깨어 있는 행동 모두 있어야 한다. 익숙한 맛 감정(원인).

계속 반복한다. 예로 파랑새를 찾아서, 엄마 찾아 삼만 리→"나는 지금 꽃밭이고 진정한 행복은 내 옆에 있는데." 이런 기본 설정값을 "지금 이후로 나와 너 행복할 거야!"라고 재설정한다.

'악마의 속삭임': 느낌에 속지 마. 행동해~! 심호흡하고 '내가 이런 상황을 못 버티는구나!' 선공격, 삐져 있기.

이렇게 반응하지 않아도 괜찮아! 불행한 가정을 기본값으로 설정해 두어 행복한 가정이 와도 인정하려 하지 않고 우울해하는 건 기본값이 불행의 맛에 익숙해 있어 원래의 기본값으로 돌아가려는 본능이라는 것을(우울감 인정+인지, 다른 행동을 하려고 노력한다)….

미친 짓을 하려고 한다. 지랄하고 싶어 한다. 그걸 못 할 때 감정의 금단 현상이 가끔 튀어나올 때 아무런 이유 없이 내가 안 하면 돼! 희생양을 찾거나 내 기분을 해소해야 한다는 생각은 어디서부터 왔나(나를 합리화하지 않는다. 비난하지 않고 나를 있는 그대로 수용, 이해, 받아 준다)?

내 삶에서 생동감은 항상 존재한다. 힘이 없다고 생각하는 것이다. 만만한 아이들을 잡고 정신병자처럼 사이코패스처럼 행동하지 말고 내가 통제할 수 없는 감정이 치솟아 오를 때 뛰자! 뛰고 걷고 운동하면서 에너지를 그쪽으로 발산해 보자! 40대에 접어들어 피곤한 거야, 어려워, 쉬어야 해 등은 설정을 바꾸면 된다.

매 맞는 아이의 공포와 험상궂은 엄마의 표정과 얼굴에서 보이는 불안함…. 아이 입장에서 감정 느껴 보기!

처참하다. 고통스럽다. 당장 나에게 우쭈쭈를 해 주는 사람들의 말은 나에게 아무런 도움이 안 된다. 나를 위해 신뢰자의 독설은 나에게 도움이 된다는 것. "이유, 상황, 죄책감 벗어나면 뭐 하니?" 전생에 내 아이들은 무슨 죄를 지어서 아무런 준비도 없이 부모로부터 언어적 비언어적 학대를 받아야 하는 걸까? '나, 나, 나, 나, 나를 대변하고 합리화하느라 바쁘다.' 첫째에게 모질게 대할 때 '상대방이 어떤지 그 느낌과 내가 하고 있는 관계를 보기', 둘째에게는 '알아서 잘 기어야지.' 무의식적으로 두려움을 키워 주고 있는 건 아닌지?

마음공부를 하며 어설프게 알아서 더 고민이 생긴다. 죄책감, 수치심을 만나는 것, 힘이 필요하다.

나는 아이들 생각보다 내 생각을 더 많이 한다. 집에 있는 가족(신랑, 아이들, 부모님) 모두 환영을 받아야 한다.

귀찮고 하기 싫고 짜증 나는 것이 내 희생이라 생각하기보다 누군가에게 추억이 되어 삶을 살아가다 역경에 부딪혔을 때 지지대가 되어 평생 살아가는 에너지가 될 수 있다. 예로 자녀 파자마 파티, 친구들 초대, 파티 등. 여전히 나는 나를 신뢰하지 않는구나. 내면의 내가 불안해하고 있구나. 인정, 수용해 주기!

2021. 4. 23.

Clean Communication(깨끗한 의사소통), 추측, 생각이 아닌 직접 물어보기!

사회생활을 하면서 가장 취약한 부분이다.

직접 물어보는 것이 아닌 혼자 추측하고 생각하며 해석하고 판단해 버리는…. 결국 피해망상증이 된다.

Clean Communication 필요 그리고 재설정!

문자, 카톡 등 일방적인 대화 방식보다 쌍방 대화 방식인 전화를 사용하자.

착한 아이 콤플렉스 극복하기

착한 아이 콤플렉스의 문제는 다른 사람을 배려하고 챙기느라 정작 자신은 챙길 수 없다는 것이다.

* 자기 돌봄을 위한 거절 4단계

1. 잠시 물러서기: "생각해 볼게.", "고민해 보고 대답해도 돼?"
2. 거절의 뇌 만들기: 부탁이나 요청에 대한 대답을 "아니오."로 설정한다.
3. 완벽한 이유 포기: 그냥 하기 싫어도 괜찮고 그냥 하기 싫다고 해도 괜찮다.
4. 좋은 점에 집중하기: 죄책감이나 미안함은 내려놓고 거절해서 좋은 점을 생각한다.

* 페이싱(감정, 호흡 맞추기)

예로 아이가 100점을 맞아 왔는데 엄마의 반응이 무표정일 때 페이싱이 되지 않았다고 한다.

상대방이 기뻐 날뛸 때 같이 기뻐해 주고 상대방이 의기소침해할 때 같이 힘을 주고 격려와 위로를 해 줄 수 있는 같은 감정, 호흡으로

페이싱하기!

* 미러링(동작)

표현을 비슷하게 한다. 상대방이 컵을 들고 물을 마실 때 나도 같이 차를 마시는 등 같은 동작으로 상대방의 행동 미러링하기!

* 백트래킹(공감)

상대방과 끝 단어를 일치시켜 따라 한다. 예를 들어 "오늘 차가 막혀 짜증 났어!"라고 하면 "차가 막혀 짜증 났구나!"라고 말한다.

상대방이 말할 때 그 포인트를 따라 해서 말해 줌으로써 상대방의 입장을 충분히 들어 주고 공감 효과를 일으킨다.

* 캘리브레이션(숨은 의도 찾기)

상대방의 말과 행동에서 숨은 의도를 찾아낸다.

"여기 너무 덥지 않아? 우리 시원한 음료 먹으러 가자! 여기 있기 민망하다. 다른 곳으로 가자!"

일방적인 대화는 폭력!

수동 공격이란?

둘이서 대화를 한다. 한쪽이 대화의 힘으로 찍어 누를 때 당하는 입장은 수동 공격을 취한다.

말을 안 한다. 모르는 척한다. 조용히 있다. 아무런 반응을 보이지 않는다. 무기력 자세를 취한다.

이는 힘으로 누르는 자를 더 들썩이게 하고 힘들게 만드는 수동 공격이라 한다.

청소년 친구들이 부모로부터 힘의 공격을 받을 때 수동 공격을 취한다. 자녀들은 부모가 힘없게 찍어 누르는 사람이라는 사실을 인정하려 하지 않는다.

포인트: 나와의 관계에 있어 상대가 수동 공격을 취할 때, 상대를 바꾸려 노력하기보다는 내가 원인임을 인식하고 자기 점검이 필요하다. 내가 행동과 말을 바꾸면 상대는 바뀌기 때문이다.

일상에서 누리는 삶 자체가 특권이구나~

내가 이 세상에 나타나서 마시는 공기, 옷, 음식, 거주하는 집, 삶과 연결된 모든 것은 나에게 주신 큰 선물이구나!

심지어 고통스러운 체험을 통해 오히려 현명하고 지혜로워질 수 있음을 기억하기. 고통과 아픔은 영혼이 변화하고 발전하고 싶어 한다는 뚜렷한 외침이라는 것도!

경험하지 않았던 분야를 느끼고 새롭게 깨우침을 받는 건 내가 이 지구상에서 다양하고 풍부한 경험과 체험을 할 수 있도록 나타난 내 특권이 아닐까?

오늘 하루의 시작도 마음이 따뜻해지고 훈훈하고 기분 좋고 경쾌하면서 파릇파릇한 새싹처럼 작은 싹 하나가 내 가슴에 자라나는 시간이 되었습니다.

나로부터 탄생!

〈외모 지상주의를 풍자하며 그린 그림〉

사랑, 분노, 고통, 아픔 등의 씨앗은 나로부터 시작이고 나로부터 탄생인 것을 우리는 내면(안)이 아닌 밖에서 찾고 있는 걸 발견했습니다.

우리 둘째는 아침에 일어나 눈 쌍꺼풀을 먼저 확인하며 아침을 시작합니다. 외모 지상주의 세상 속에서 외모가 우선시되고 있는 풍조를 보고 있자면 마음 한편이 서늘해집니다. 보이는 것이 전부로 보이는 세상 속에서 내면의 나를 어떤 식으로 만들고 밖으로 표현할지…. 둘째에게도 잘 설명하고 지도할 수 있는 엄마가 되기를 소망합니다.

내 삶에서 누리는 모든 기득권![1]

1. 남자 여자 구분 없이 같은 곳에서 토론하고 회의에 참여하며 의견을 표현하고 제시할 수 있는 권리

2. 남편과 대화할 때 내 의견이 우선이라고 언성 높이며 맞짱 뜨는 권리

3. 살림은 여자만 한다는 생각에서 벗어나 가족 모두 동참한다는 권리

4. 시집, 시어머니에게 무조건 복종해야 한다는 생각이 아닌 내 의견, 목소리를 똑똑하게 표현할 수 있는 권리

5. 운전면허증을 내 의지대로 공부해서 취득할 수 있는 권리

6. 남자에게 적극적으로 대시하고 먼저 말하는 권리

7. 요리사, 경찰관, 군인, 비행사, 판사, 변호사, 법무사, 회계사, 승마 선수, 모든 기사, 모든 조종사, 모든 직업을 내가 마음만 먹으면 할 수 있다는 권리

무궁무진한 이 권리를 내 삶에 어떻게 대입하고 활용해 볼 수 있을지 생각만 해도 가슴이 벅차다. 내가 이런 좋은 권리들을 제대로 잘 쓰고 있는지도 점검해 봐야겠다.

---

1) 旣得權, 특정한 자연인, 법인, 국가가 정당한 절차를 밟아 이미 차지한 권리

오늘 내용에서 내가 살면서 자주 했던 "나 불편하니까 하지 마."라는 말은 상대를 이해하려 하기보다는 나 편해지자고 내 것을 내주는 것 같고 뺏기는 것 같다는 나의 센서를 다시 한번 점검하게 되는 시간이었다.

기득권은 내줄 때 뺏기고 잃는 것이 아닌 더 많은 것을 얻고 돌아온다는 것, 이야기 속에서 남자가 여자에게 기득권을 주고 나사 영화 속 백인이 흑인에게 기회를 줌으로써 역사를 새롭게 만들고 여자들의 사회 활동으로 경제에 큰 영향을 주는 것 등은 앞서 누군가의 노력과 인식 변화, 행동이 없었다면 지금 우리가 당연히 받고 누리는 생활은 생각도 못 하지 않았을까? 그러므로 이 권리를 소중하고 귀하게 잘 활용하기를 원합니다.

2021. 5. 22.
관계(큰 세상 작은 나) 그리고 나를 설정하다!

안에서나 밖에서, 사람들과의 관계에서 내 앞에 놓인 작은 것에 꽂혀서 전전긍긍할 것이 아닌 크고 넓게 보는 연습을 한다. 작고 사소한 것에 목숨 걸고 있는 나는 너무 작고 세상은 크다. 큰 세상에서 날개를 펼쳐 훨훨 상공할 것인지 작은 곳에서 허우적거릴지는 나의 설정값에 있다. 내 선택은? 존재해 주는 자체만으로도 누군가에게 큰 힘이 되고 행복하게 해 준다는 기쁨을 머금고 매일 아침을 상쾌하게 시작해 보세요. 사랑합니다. 고맙습니다. 기분 좋고 유쾌한 하루 설정하셔서 풍요롭고 기쁜 날 만드셔요.☆

매일 감사할 때 감사한 일이
복리가 되어 나에게 온다!

우리가 지구의 여행자로 여행을 와서 좋은 감정과 추억을 많이 머금고 매 순간 상향, 하향 선택을 하며 매일 새로운 하루를 주심에 감사와 건강히 잘 보냄에 감사, 이 시간과 매 순간을 좋은 사람들과 대화할 수 있고 줌으로 매일 볼 수 있는 원격 시스템에도 감사합니다.

하나를 감사하니 두 개가 감사해지고 감사함이 복리처럼 커져 가는 제 모습을 볼 때 너무 감정에 북받쳐서 지금 너무 행복하다는 생각이 들어요! 가끔 '내가 이렇게 행복해도 되는 건가?'라며 내 머릿속의 에고가 딴지를 걸 때는 '지금 행복해야지, 언제 행복하려고?'라는 마음 생각 설정값을 다시 세팅하며 있는 그대로를 느끼고 받으려 합니다. 이런 매일의 반복되는 긍정이 더 많은 행복을 끌어들이는 것 같고 사람들을 볼 때도 넉넉해지는 마음이 보이고 좋은 모습, 장점들만 눈에 보이는 마법 같은 감정을 매일 경험하고 있어요~ 감사합니다. 그리고 고맙습니다.

2021. 5. 24.
우리는 모두 연결되어 있고
연결되고 싶어 한다

　우리는 서로 연결되고 싶어 한다는 걸 보았습니다. 첫째는 아빠와 연결되고 싶어 하듯 아빠, 엄마도 아이들과 연결되고 싶어 하는데 엄마인 제가 아빠와 아이들 사이의 연결을 끊고 있는 건 아닌지? HJ 언니처럼 저도 그러고 있는 모습이 보였고 YH 얘기처럼 타지에서 연결 안 되어 있던 걸 한국 친구에게 사소한 얘기까지 말하는 건 연결되어 있다는 안정감? 아닌가 싶네요. 동생들과 부모와의 연결도 쉽게 끊을 수 없는 것도 밑바닥에 연결이라는 것이 있어 나를 필요로 하게 설정하고 있는 건 아닌지 점검할 수 있었습니다. SY 엄마와의 연결에서는 아직 엄마와의 껄끄러움이 대화 속에 묻어나서 지금 우리 엄마와의 관계가 보였습니다. 새로 시작하는 한 주, 사람들 속에서 모두 연결되고 싶은 끈을 붙잡고 그 끈이 끊어질까 전전긍긍하고 있는 우리의 모습이 보이는 좋은 시간이었습니다.

동의하에 이루어지는 행동과 책임

딸내미 동의하에 피아노 학원에 등록했는데 매일 아침 피아노 가기 싫다 울고 있네요.

남은 레슨은 선생님께 잘 말해서 제가 배운다고 해야 할까 봐요. 어려운 거 들어가서 힘들다고 하는데 이럴 때마다 정 싫으면 멈추라고 하는 것이 맞는 건지 고민이 됩니다.

<의견 1>

내 애들도 그랬는데 끝까지 싫다고 하고 피아노 쳐다도 안 봐~ 차라리 그 시간 연주회 보러 가거나 음악을 같이 듣는 것도 좋을 것 같아~ 그리고 왜 싫은지 배우고 싶을 때 말하라 해 주고~

<의견 2>

저 같은 경우에 어려운 거 치게 돼서 힘들다고 하는 게 여러 가지 이유가 있었어요~ 일단 그 음악을 멋들어지게 치고 싶은데 손가락이 내 말을 안 들을 때, 그 음악이 내가 좋아하는 스타일이 아닐 때, 다른 친구들은 잘 치던데 나만 안 될 때 등등 이유가 다양했는데 언니도 한

번 물어보고 그거에 맞는 응원을 해 주거나 아니면 언니가 배우러 갈 때 그냥 옆에서 보라고 해도 좋을 것 같아요~

<코칭>

　잘 칠 때까지 힘든 시기가 있는데 그걸 잘 넘겨야 한다고, 어떻게 하면 기분 좋게 재미있게 할 수 있을지 방법을 찾아서 하나씩 시도해 보고, 디브리핑도 해 보고, 다시 쉬운 데로 내려가서 해 보기도 하고, 힘든 부분을 엄마랑 같이 천천히 한 음, 한 음 쳐 보기도 하고….

　아이들은 힘들 때 부모랑 같이 하면 힘을 얻어서 잘 넘어가더라.

　잠시 쉬었다 하는 것도 방법이고, ㅎㅎ 「젓가락 행진곡」이나 「고양이 춤」의 쉬운 부분을 알려 주고 같이 쳐 보고, 지금 어려운 거 잘 넘기면 다른 어려운 노래들도 이렇게 칠 수 있게 된다고 알려도 주고….

왜(Why)가 아닌 어떻게(How) 할까?

내 안의 고약하고 인색하며 심술궂고 못돼 먹은 마음이 세상에서 제일 사랑한다고 믿었던 언니에게조차 내가 받을 사랑을 뺏어 간다는 착각에 언니의 따뜻한 마음을 내 맘대로 찍어 누르고 있던 나를 보았다. 이런 내가 보일 때마다 나는 어떻게 할 것인가? 언니가 우리보다 형편이 녹록하지 않고, 생각과 마음이 깊은 사람이며 배워야 하고 존경을 받아야 하는 사람인데 그런 사람조차 찍어 누르려는 내 심보를 내 안의 어린 4, 5, 6살 심보에서 나와 40살 아낌없이 주는 사랑 나무처럼 따뜻하고 사랑 많은 그 자체로 인정하고 받아 줄 수 있는 마음 배움을 꾸준히 해야겠다.

<코칭>

나의 고약하고 못돼 먹고 깎아내리려 하고 찍어 누르려는 인색한 심보 꼬락서니를 "왜(Why) 할까?"라는 건 "방법을 알지만 하기 싫어! 지금 이대로 계속할 거야!"라는 말이 내포되어 있다. "몰랐어! 모르겠어(I don't know)!"라는 건 "내가 방법을 알지만 하기 싫으니 닥쳐! 하라고 하지 마! 입도 뻥끗하지 마! 그냥 넘어가야지!"라는 말이 내포되어 있다.

※ 수치심이란?

사회 통념상 내 잘못이라고 손가락질을 당할 때 수치심을 느낀다.

예로 성폭력을 당한 여성이 수치심을 느끼는 건 사회가 손가락질하며 스스로 몸이 더럽혀졌다고 자책하는 것에서 나온다고 한다. 그때의 상황은 단지 무서웠을 뿐이라고…. 예로 교통사고를 당하면 수치스럽기보단 무서웠는데 말이죠.

사람들은 말을 안 하면 모를 것이라 생각한다.

모두 비슷한 경험을 했지만 말을 안 할 뿐! 말로 뱉어 내면 별것 아닌 것을 처음 꺼내기까지 시간과 부단한 용기가 필요하다! 내 안의 나를 밖으로 꺼내 줄 때 우리는 진짜 자유로워질 수 있다!

"나를 스스로 자유롭게 할 때 자유로워질 수 있다!"

♥ 내면 아이 치료법

내가 나를 충분히 사랑해야 다른 사람들도 사랑한다.

내 곳간이 텅텅 비어 있는데 다른 사람을 어떻게 생각하고 챙겨 줄 수 있을까?

내 곳간이 텅텅 비어 있는데 다른 사람을 도와줄 때는 내 살을 깎아서 주려 한다.

그러고 나면 내 몸은 어떻게 될까?

우리는 원래 원더 차일드(사랑 많은 아이)이다. 단 세상에서 상처받은 아이가 생기고 그 아이들이 자라 어른이 되었을 뿐…. 본연은 원더 차일드라는 것을 잊지 말자!

벼랑 끝에 서 있는 아이들
(은따, 왕따, 따돌림, 상처, 두려움, 자살, 자해),
희망은 없는 걸까?

문득 생각이 드는 건 사람들은 다른 사람들보다는 자신에게 먼저 꽂혀 있어서 자기 위주로 세상을 보고 내 위주로 지구와 우주가 공존한다는 것을 다시 한번 깨닫게 된다. 오늘 대화에서 HY 언니가 공유해 주신 대화 속 여학생과 부모와의 관계에서 나 또한 부모로서 할 도리를 다했다고 생각했는데 내 아이가 자해를 하고 잘못되어 있다고 한다면 그 화살이 잘못 키운 부모에게 꽂힐까 두려워 아이를 더 벼랑 끝으로 몰지는 않았을까? 이런 부모들이 나 포함 세상에 깔려 있고 즐비한 이 세상에서 우리 아이들은 잘 살아갈 수 있을까? 세상의 왕따, 은따, 자살 그리고 자해…. '버티고 견디는 건 각자의 몫이구나!'라는 생각도 든다. 그 옆에서 말 한마디 파이팅, 힘내, 난 너를 응원해 등…. 관심과 사랑을 보내 주는 아주 가는 희망의 끈이 보이지 않는 한 우리는 방황하고 나와의 고군분투 속에서 오늘 하루도 시작한다.

<40세 부모 코칭>
부모 입장에서 자식에게 안전함을 가르쳐야 한다.
자식의 실수, 위험한 행동을 용서할 수 없다며 폭력을 가했을 때,

그 자식이야말로 부모로부터 위협을 받고 안전하지 않다는 것!

당신은 자녀에게 무엇을 가르치고 있는가?
위협인가? 안전인가?
무엇을 위해 내가 화를 내고 폭력을 가하고 있나?
안전을 가르친다면서 위험을 가르치고 있는 건 아닌가?

매번 자식과의 갈등 속에서 선택의 길에 놓이게 된다.
화와 회초리 그리고 대화로 반성문 등…. 다시는 반복하지 않도록 마음으로 느끼고 새겨 놓아야 한다.
한순간의 공포와 두려움, 무서움에 어쩔 수 없이 행하고 움직이는 건 동물에게나 하는 것 아닐까? 심지어 동물에게도 폭력을 가하면 주인에게 오지 않는다. 그런데 인간은 자기를 때리는 부모를 찾는 이유가 뭘까? 피붙이라서? 아니면 자기의 잘못을 인정해서? 아니면 그냥 부모니까? 부모와의 사랑이 바탕에 깔려 있어 그러는 건 아닐까? 그 순간을 모면하기 위해 동물이든 사람이든 말 잘 듣는 시늉을 한다. 그 것이 마음속 깊은 곳에서 일어나지 않는다면 같은 행동은 계속 반복될 것이다.
한 번에 자식에게 깨닫게 할 수 없다. 10번이라도 가르쳐야 한다. 아직 모르기 때문이다.
심지어 어른조차도 같은 소리를 최소 10번씩 해야 인식하고 이해할 텐데 성인이 아닌 아이들은 어떻게 알겠는가? 최소 어른의 10배, 100배는 안전하게 가르쳐야 조금이라도 알아듣지 않겠는가? 아이들을 아이로 보지 않고 어른과 같이 보고 생각하며 판단하는 생각을 내려놓고 바라봐 준다면 어떨까?

먼저 어떻게 하면 이 아이들이 안전하게 살아갈 수 있을까 봐야 하는 건 아닌지?

<전문가의 코칭>

부모가 때려도 아이가 부모에게 매달리는 것은 부모가 아이에게는 우주 그 자체이고 그 우주에게 버림받는 것은 곧 죽음을 의미하기에 죽지 않으려고, 생존하려고 매달리는 거야!

그래도 때리는 사람에게 매달리던 습관으로 자신을 학대하는 사람에게 매달려서 허우적거리는 인생을 살게 되지! 가정 폭력에 시달리던 사람이 데이트 폭력을 당해도 헤어지지 않고 계속 관계를 유지하고 결혼해서도 맞고 사는 이유! 이런 폭력을 받으며 자란 아이들은 성인이 되어 사람들과 제대로 된 원만하고 따듯하고 신뢰하는 관계를 맺으며 사는 것이 불가능해지게 되는 거야!

아이들을 따듯하고 안전하고 신뢰하는 세상에서 살게 하고 싶다면 내가 부모로서 아이에게 안전하고 따듯하고 신뢰하는 존재가 되어 주어야 해!

2021. 5. 30.

자극(불쾌, 불편)과 반응
(표현, 느낌, 감정) 속 공간 만들기

내 소중한 부모, 언니, 가족, 상담사 등….

사람을 질리게 한다는 내 패턴을 다시 한번 알게 하는 시간이었습니다. 소중한 사람들을 질리게 한 후 일부러 나를 떠나도록 만들고 있는 건 아닌지 바닥에 있는 나를 마주하게 된 날입니다. 불쾌하고 불편한 분위기의 자극과 반응 속에서 공간을 만들어 주셔서 감사하며 고맙습니다.

\<의식의 변화\>

내 감정과 마음속에서 올라오는 생각들을 살피고 성찰하는 시간 갖기

안에서 새는 바가지 밖에서도 샌다

안에서 잘하거나 못할 때는 밖에서도 동일한 생각과 말, 행동을 한다. 어제오늘 다시 마음에 새기는 건 자극과 반응에 공간을 만들 자입니다. 엄마, 언니에게 익살스러운 딸, 동생으로 남을 것인지 고집불통으로 내 고집을 부리며 남을 것인지는 내 몫이다. 이 방 안에서 보이는 모든 감정은 사회생활 관계인 밖의 세상에서도 같다! 나는 바로 바뀌지 않기에 이 방에서 작은 감정, 생각들 하나하나 세상과도 연결되어 있음을 보게 되는 시간이었습니다. 모두 편안하고 좋은 하루 보내세요. 감사하고 고맙습니다.

<의식의 변화>

이렇게 생각해 보기, 철회의 법칙을 이용해서 먼저 자신의 모든 과거에 대한 마음의 데이터를 바꾼다면 이 순간을 경험하는 기술을 터득해 새로운 수준으로 올라설 수 있다. 마음이 과거의 기억 속에 사로잡혀 있든, 당신이 힘든 현 순간에 깊이 관여하며 똑같은 도구를 사용해 지금 이 순간 당신의 마음을 바꾸고 싶든 간에 감사와 맞닥뜨리게 될 것이다. "그것이 변화다."

(출처: #마음 읽어주는 남자 #마음공부 #북튜버)

충분히 잘하고 있어!
뻘짓, 오버하지 말자!

내 삶 속에서 알아차린 것은 오버하는 사람이란 겁니다. 사람들이 충고, 조언이랍시고 떠들어 대는 말이 조언이 아닌 듣기 싫은 잔소리가 될 수 있다는 것을요.

사람들과의 관계 속에서 혼동하고 있었던 건 안과 밖을 구분하지 못하고 안이 밖인지 밖이 안인지 왔다 갔다 하고 있던 저를 발견했습니다. 참 반갑고 기쁘네요.

예로 회사 생활할 때 가장 힘들었던 건 밖에서 관심, 사랑, 인정을 갈구하고 있는 제가 있더라고요. 안에서 충분한 관심과 사랑, 인정을 형성하는 것이 아닌 밖에서 헛우물을 파고 있는 식으로 그렇게 살고 있었네요. 텅텅 비어 있는 우물을 힘들게…. 내 안에 충분한 우물을 파면 되는데 말입니다. 뻘짓을 하고 살았네요. 생판 모르는 사람에게 의지하고 속앓이하며 힘들어함이 녹녹히 드러나 안과 밖의 경계선을 잘 세워서 섞이고 혼선이 가지 않도록 나를 성찰하고 바라볼 수 있는 계기가 되었습니다. 오늘 하루도 모두 평안하시길!

2021. 6. 3.
모르는 게 아닌 나는
이미 나를 다 알고 있다

 마지막 HJ 언니의 이야기로 나를 본 것은 저도 같은 반복적인 행동과 생각을 수시로 하고 있다는 것입니다. 오늘 대화 중 모르겠다는 말…. 모르는 게 아닌데 말입니다.

 EJ 언니의 적재적소와 코칭을 다시 한번 상기하며 '내가 아직도 이 부분에서 머물러 있구나! 내가 이 패턴을 계속하고 있구나!' 하고 알게 되었습니다. 답은 내가 알고 있는데 다른 곳에서 찾으려고 한다는 것도 깨닫게 되었습니다! 고맙고 감사합니다.

2021. 6. 4.

배우자 고를 때의 기준 첫 번째, 속궁합&
두 번째, 라이프 스타일
(새벽형과 저녁형 인간, 외향형과 내향형)

부모님의 성욕 해소가 애들에게 얼마나 영향을 미치는가?

만약 나와 남편의 짜증이 있다면 서로 해소되지 않는 성욕이었다.

<성적 불만족이 자녀 양육에 미치는 영향>

내가 남편을 굶기면 남편이 애들에게 막 짜증을 내서 애들이 울면서 잠들거나 속상해져서 잠자리에 드는 부정적인 영향이 있다. 가족의 평화는 사랑이다!

참고! 결혼 상대를 고를 때 속궁합, 라이프 스타일(새벽형 혹은 저녁형 인간인지, 외향형 혹은 내향형 인간인지) 이 두 가지 기준으로만 배우자를 선택해도 좋을 것 같습니다. 그 후 점차 살면서 서로 채워 가는 거죠.

- 79 -

복식 호흡, 들숨 날숨, 숨쉬기 운동

복식 호흡, 숨쉬기를 하면서 몸이 더워지고 힘든 걸 느낄 때….

갑자기 느낀 생각은 지구에서의 마지막 날에는 숨이 안 쉬어지지 않을까? 아무 힘도 들이지 않고 했던 들숨 날숨인데 언젠가, 누군가에게 다가올 그 순간, 힘듦과 결투를 하고 있지 않을까? 숨이 안 쉬어지는 그 순간까지…. 내 심장이 제대로 뛰고 있고 숨이 고르게 내쉬어짐의 소중함을 알게 되는 시간이었습니다. 고맙고 감사합니다. 사랑합니다.

<참고: 호흡 연습 방법>

호흡을 하면서 빠르게 뛰고 있던 심장 소리를 알아차리게 되었고 호흡 속도를 맞춰 가며 심장이 점점 천천히 뛰는 것을 경험했어요. 거기에 더해 날숨을 먼저 길게 내쉬고 회음부까지 조이며 몸에 남아 있는 마지막 숨까지 다시 쭉 내쉰 후에 들숨을 하니 호흡 자체가 참 귀한 운동이라는 생각이 들었습니다! 몸에 열이 오르고 땀이 났는데 간간이 들던 "호흡을 하는 것만으로도 운동이 된다."라는 말의 이유를 알 것 같아요.

2021. 6. 6.

자유와 방종의 차이는? 진정한 자유는 상대방에게 요청하고 상대방의 동의하에 이루어질 수 있다!

저는 기적의 5시 방 식구들에게 꼭 안겨 있는 느낌이 들었습니다. 따뜻하게 아픔과 어려움, 행복, 기쁨을 나누고 함께할 수 있어 마음이 행복해지네요. 내가 뭐라고 아낌없이 보듬어 주고 사랑 베풀어 주셔서 고맙습니다.

자유와 방종의 차이는?

얼핏 보자면 '자유'와 비슷해 보일 수도 있겠지만 서로 상당히 다르다. '자기 행동에 대해 책임을 질 수 있는가?', '타인의 자유를 침해하지 않는가?'의 조건이 만족이 되느냐 마느냐의 차이로 자유와 방종을 구분할 수 있다. '자유'를 누린답시고 남한테 피해를 주는 행동을 막 저지른다면 그것은 방종이라 할 수 있다. 그러니까, 남에게 피해 주지 않거나 즐거움을 주면 '자유', 남에게 피해를 주거나 남의 자유를 침해하면 '방종'으로 구분할 수 있다는 것이다.

※ 진정한 자유는 상대방에게 요청하고 상대방의 동의하에 이루어질 수 있다!

페미니즘이란? 여성의 권리, 기회의 평등

여성의 권리&기회의 평등을 핵심으로 하는 여러 형태의 사회적, 정치적 운동과 이론을 아우르는 용어 페미니즘, 나에게는 낯선 용어이다. 결국 어린 시절 상처받은 영혼….

대중 매체, 책에서조차 거리낌 없이 중독이라는 용어를 사용한다.

쇼핑, 회피, 사탕, 담배, 스포츠, 게임, 섹스 등….

자기를 존중할 줄 알며 타인을 존중할 때 인간 존중이 이루어지는구나!

오늘 대화 중 마음을 울리는 이야기는 타인 존중이 없을 때 상대방이 위축되면 상대의 활력이 없어지고 결국 팀에서 잃은 건 내가 활력 있는 사람을 잃게 된다는 것!

또 남자를 이겨 먹어야지 하며 성관계를 많이 하는 여자는 결국 노리개로 전락한다. 누군가를 이기고 승리하면 뭐 할 것인가? 사랑, 용서, 양보, 배려, 사과, 이해의 모든 것은 나를 위해 하는 것이다.

오늘 부부 상담자 중 여성분이 바람피우는 남편을 들들 볶으면서 이혼하자고 해도 해 주지 않고 "누구 좋으라고 이혼해, 두 연놈 잘되라고?" 하는 말에 예전 「부부클리닉 사랑과 전쟁」 드라마를 보는 듯했다. 이 여성의 사례처럼 스스로 괴롭고 힘들게 만드는 것은 누구를 위해 그러는 걸까? 용서할 수 없는 분노로 남편을 증오하고 혐오하며 같이 살 때 정작 피해자는 심리적으로 피폐한 아이들과 본인이다. 또 피 말리는 남편까지 엄청난 고문이고 매일의 고통으로 스스로 벌을 주고 있는 건 아닌지 보게 된다. 이 또한 누구를 위한 용서이며 너그러움인가? 본인, 나 자신을 위해 용서하고 너그러워질 수 없는 것인지 생각하게 되었다.

사람들의 추측, 착각,
끊이지 않는 생각 속에 살다

상대방과의 대화에서 근본이 되는 원론적인 대화로 단편적인 면이 아닌 입체적인 면을 봐야 한다.

1차원이 아닌 4, 5차원으로 세상을 본다면?

근본적인 내용을 봐야 하는데 개인적 이슈로 받아들인다. 나를 지적질, 비난한다고 느끼는 것이다.

단편적으로 작은 곳, 앞만 보는 사람이다.

전체적으로 큰 곳, 하늘에서 세상을 내려다보듯이 크게 볼 수는 없을까?

나 포함 모두 명확한 클린 커뮤니케이션을 원하는 반면 내 추측을 기반으로 대화가 이루어진다.

무엇을 원하고 무엇이 듣고 싶고 무엇을 하고 싶은지 명확하지 않아 상대를 혼란스럽게 한다.

문자, 전화, 메신저 등 대화에 있어서 일방적인 글은 단편적인 부분이 커서 전체가 어우러지지 않는 한계가 있다. 상대방에게 오해의 소지를 불러일으키기도 하고, 명확하고 정확하게 전달(표현)을 하면 오해를 줄이지 않을까? 생각해 보니 내가 글을 쓰레기같이 써도 몇 번 읽어 보면 다시 수정, 보완이 되지만 언어는 내 머릿속에서 생각을 정리하고 내뱉어도 앞뒤 말이 안 맞거나 수습하면 말이 뱅글뱅글 도는 경향이 있다. 물론 내 안의 목소리가 들린다. 그러는 내 모습이 아쉽고 안타깝게 보인다고 그렇게 안간힘을 안 써도 괜찮은데…. "좀 더 솔직해질 수 없니?"라며 항상 이렇게 대변을 해야 하는 건 내 체면이 우선이라서? 내 언어가 아닌 상대가 알아들을 수 있는 언어로 전달(표현)이 필요함을 느낀다.

콜센터 직원과의 대화에서 숨이 턱턱 막히고 답답했던 이유 중 하나, 내 머릿속에 있는 생각을 상대방도 알고 있을 것이라는 추측, 착각, '내가 이렇게 말하면 알아듣겠지.' 하는 나만의 머릿속 생각에 말귀를 못 알아듣는다고 답답해하며 대화가 길어진다.

또 다른 사례도 있다. 우선 내가 무엇을 원하는지, 무엇이 필요하고 듣고 싶은지를 머릿속으로 정리한 뒤에 언어로 전달(표현)을 하니 한결 수월하게 대화가 이루어짐을 경험했다.

클린 커뮤니케이션을 하는 사람들을 자세히 살펴보면 그들과의 대화는 나이, 성별, 시간, 장소에 구애를 받지 않고 명쾌하다. 곧 내가 어떻게 전달(표현)을 하느냐에 따라 결과값이 나온다는 것을 다시 한번 재점검하는 시간이었습니다.

2021. 6. 11.

나와의 대면(내 안의 나, 첫째, 둘째 있다),
취약한 나를 받아 주기!
지금 감정 그대로를 알아주기!

나와 꼭 닮은 모습과 행동을 하는 첫째에게 나에 대한 분노와 화로 몰아세우고 있는 나를 보고 있을 때 참 안타깝다. 아직도 이런 모습이 있구나!

누군가에게 섭섭하고 서운하고 그리운 것을 내 사랑하는 아이들에게 공격하고 있는 나를 보게 되었다.

내가 외롭다고 생각하고 혼자라고 생각하는 것, 그것이 나를 힘들게 하는구나!

누군가와 연결되어 있고 싶어 하는 기본적인 사람들의 마음이 여기에 있구나. 난 그 연결의 끈을 놓고 싶어 하지 않았구나. 어딘가에 소속되어 있고 같이 함께한다는 것이 얼마나 크고 나에게 감사한 일인지 알게 되었다. 책 또는 누군가에게 조언으로 성찰할 수 있으면 얼마나 좋을까?

난 나에게 베풀어 주고 따뜻하게 대해 주는 주변의 고마운 사람들에게 소홀히 하고 있는 모습을 발견한다.

나 스스로 나를 외롭고 쓸쓸하게 만들고 있지 않은지 살펴본다. 분풀이를 해야 한다고 선택하는 것 또한 내 생각에서 아직 나오지 않은 것이 보인다. 사랑을 풍족하게 줘도 모자란 아이들을, 예쁘고 사랑스럽고 귀한 사람들을 내가 함부로 할 자격이 있는 것인가? 난 지구에 잠시 여행하러 온 딸로 여자로 와이프로 엄마로 나타났고 나를 통해 나타난 아이들도 지금의 감정과 갈등과 행복과 느낌으로 성인이 되어서도 나타나며 나로부터 변화가 있어야 세상이 바뀐다는 것을 알지 않았는가?

　사람들과의 대화 그리고 갈등, 대립, 고민 등을 피하지 말고 대면하고 맞이하면 그 속에 이면이 있고 깨달음에 기쁨이 있기를…. 예로 싫은 사람을 매일 볼 때 그 사람의 장점을 보려고 세팅하는 것이 아닌 속상해하고 나를 아프게 한 사람이며 그의 단점을 어떻게 해서든지 보려고 찾으려고 하는 나를 발견했다. 그렇게 찾고 찾고 찾아서 그 증거를 수집한 후 어떻게 할 것인가? 결국은 내가 그를 멀리하게 만들었다. 나를 싫어하는 사람과 대면한다고 하는 것이 얼마나 고통스러운지 알지 않는가? 그래서 그렇게 선택한 지금 마음이 편한가? 듣기 싫은 매번 반복되는 말을 듣지 않아도 된다고 생각에 생각을 거듭하고 있는 나를 보았을 때 "적당히 해! 이제 그만하자! 쓰레기 같은 생각은 취소다! 알려 줘서 고맙다!"라는 말로 마무리하자.

2021. 6. 11.

우리는 감정으로 연결되어 있다!

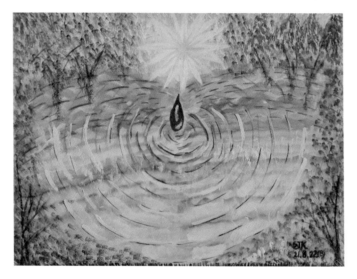

〈우리의 감정은 연결되어 있다 그림〉

오늘 나의 성찰과 깨달음을 주심에 감사합니다. 몇 가지 떠오르는 생각을 정리해 봅니다.

첫 번째, 사람과의 대립, 관계 단절에서 가장 먼저 떠오르는 감정은 피해 의식! 하지만 한 발 떨어져서 그대로 바라봤을 때 난 가해자이다.

두 번째, 카카오톡 대화방, 메신저, 문자, 이메일, 인스타 등 우리는 서로 연결되고 싶어 한다.

혼자인 것이 싫고 어딘가에서 나를 찾으려고 안절부절못한다. 꼭 길 잃은 어린아이처럼 말이다. 그 해결의 꼬리는 외부가 아닌 내면에서 찾아야 한다.

세 번째, 무엇을 잃을까, 빼앗길까 두려워하는가? 심지어 아들이 놀다 동네 형에게 수시로 킥보드 보상하라는 연락을 받았을 때 보험사에 제출할 영수증, 사진 등을 청구해야 하니 준비해서 보내 주라고 명료하게 말하면 되는 거 아닌가? 사실 하나만 보고 방법을 찾자! 그 속에 내 안에서 떠오르는 많은 감정, 생각은 잠시 접어 두고 사실 하나만 보자!

네 번째, "엄마, 하는 일이 뭐예요?" '세상에서 가장 어렵다는 전업주부'라는 말이 좀처럼 떨어지지 않았다.

나 스스로 전업주부는 하는 일 없이 밥만 축내고 시간만 때우는 쓸모없는 존재로 세팅해 두어서였을까?

가족과 함께하는 시간의 소중함을 알기 전까지는 꼭 돈이 있어야, 돈을 벌어야 사람 구실을 하고 사람 취급을 해 온 내 본심을 보게 된다. 가정에서 음식을 만들고 집을 정리하고 세탁하고 아이들 챙기고 숙제, 피아노를 직접 컨트롤하며 아이들이 스스로 문제와 맞닥뜨렸을 때 어떤 식으로 극복하며 해결해 갈지 제시해 줄 수 있는 가이드라인이 될 수도 있고 존재 자체로 안정과 편안함을 줄 수 있는 사람 바로 엄마! 전업주부라고만 하기에는 지금 하고 있는 재테크 공부가 나에게는 커서 명칭을 이렇게 바꾸었다. '세상에서 가장 어렵다는 전업주부 재테크 부자', 이렇게 나를 칭하니 조금 정답다.

그리고 글을 쓰고 있는 난 즐겁고 참 행복하다. 난 매일매일 삶의 지혜와 앎으로 풍족하다.

다섯 번째, 비 오는 날 아침 산책(조깅)을 하면서 돌아오는 길에 물에 잠긴 돌다리를 건널 때 신발과 양말이 모두 젖었다. 이때 드는 내 감정과 생각에 한층 놀랐다. '아! 미끄러지지 않고 안전하게 잘 건너가 다행이다. 감사합니다.' 이제 같은 상황에서도 "짜증 난다, 싫다, 축축하다."라고 불만을 먼저 토해 내는 것이 아닌 긍정을 먼저 끌어들이고 있는 나를 만나고 발견하게 되어 정말 반갑고 좋구나!

여섯 번째, 내면이 해결되고 나니 나로부터 해방되어 자유를 얻는다.

내 안의 내가 나를 스스로 구속해서 나를 고립시키고 더욱 힘들게 했다는 것을 알며 그런 나 자신과 대면했을 때 내면을 바라보게 되고 알아 가게 되며 해결하게 된다.

일곱 번째, 우리 인간은 감정의 동물이라고 하지 않던가? 우리 모두 감정으로 연결되었다.

네 꼬락서니가 내 꼬락서니고, 내 안에 너 있고 너 안에 나 있고, 상대의 모습에서 나를 발견하고 우리 모두가 연결되어 있듯이 그 연결 고리의 뿌리는 감정의 연결 고리는 아닐지? 상대로부터 오는 분노, 화, 짜증, 기쁨, 그리움, 충만함, 감사함, 사랑함, 아름다움, 고마움, 미움, 질투, 열 받음, 괴로움, 싫음, 좋음, 비난, 경멸, 오열, 악한 감정, 긍정적 감정, 감사한 감정, 기쁜 감정, 이 모든 것은 감정으로부터 시작해 생각이라는 무한한 우주 공간에서 돌아다니다 지구라는 이곳에서 행동으로 옮겨지고 있는 것은 아닐까? 싫든 좋든 고의든 가식이든 어떤 감정으로 상대와 연결되고 싶은가?

어떻게 시작을 하고 어떻게 마무리를 지을 것인가? 난 선택할 수 있는 엄청나게 큰 자유를 가지고 있다.

이런 선택의 자유를 가지고 있음에 감사하며 오늘 하루도 어떤 감정을 선택하며 서로 연결될 것인가?

우리 안에 있는 분노 에너지와 웃음 에너지는 동일하다. 그럼 당신의 선택은?

2021. 6. 12.
나의 말과 행동에 따른 책임 체크

나의 말과 행동은 남을 지배, 통제하려는 욕구에서 나온다.

내가 "무서워."라고 자주 말하는 것도 무섭다는 감정은 그 자리에서 바로 해결되지 않는 것이어서 사람들이 대부분 내 말대로 들어주기 때문에 그걸로 상대방을 내가 원하는 방향대로 통제, 지배하기 위해 쓴 것일 수도 있다. 상대방의 기대치에 맞춰 주지 못할까 봐, 잘 해내지 못할까 봐 하는 마음도 있지만 한편으로는 무섭다고 하면 기다려주기 때문에 내 마음이 준비될 때, 혹은 내가 하고 싶을 때 하기 위해 습관적으로 무섭다고 하는 것 같다. 사실은 무서운 것이 아니라 내 마음대로 하고 싶고 나한테 이래라저래라 하지 않았으면 좋겠고 내가 원하는 때에 내 의지로 하고 싶으니 넌 닥치라는 의미일지도…. ㅎㅎ

"안 하고 싶어. 그건 내키지 않아. 시간을 좀 더 줄 수 있나요?"라고 정확하게 말을 해도 괜찮고, 상대방이 하라고 한다고 해서 꼭 하지 않아도 괜찮다. 나는 내가 가진 힘이 있으니 무서워하지 않고 더 많은 일을 해도 괜찮다.

기적의 5시 방 YH 글 中

2021. 6. 13.

금단 현상같이 불안, 초조해 하는 이유?

마음공부를 올해 1월부터 5개월 동안 했다. 매일매일 새벽 5시 기상과 줌이라는 비대면 화면에서 모인 만남과의 감정 코칭 마음공부는 실생활의 변화와 나로부터의 변화가 가족 모두에게 영향력을 준 것을 깨닫게 된다. 멈춤이 아닌 잠시 나를 더 깊이 통찰할 수 있는 시간을 가짐으로써 내가 무엇을 놓치고 있는지 어디서부터 내가 모르는 말투, 표현들이 아직까지 잔재하는지 등…. 새로운 경험 하나를 공유하자면 매일 그렇게 참여하는 수업 대신 그 시간에 자기 계발을 하며 6시 이후 산책과 나머지 생활을 이전과 똑같이 보내고 있었는데 왠지 모르게 허전한 이 기분은 무엇일까? 어딘가에 연결되고 싶은 마음? 다양한 표현과 상대방의 사연과 스토리를 잘 듣고 같이 느끼며 공유하고 그로부터 나를 되돌아보고 깨닫는 그 느낌을 잃어버린 상실과 얻을 수 없음에 대한 허전함이랄까?

새벽 4시 40분 기상은 기적의 5시 방에 참여하는 날과 동일하게 기상하며 매일 한 시간의 감정 공유만 안 했을 뿐인데…. 무엇이 나를 이토록 허전하게 하고 불안, 초조한 모습을 나타내고 있는 걸까?

불참 후 나의 라이프 스타일을 살펴보자. 취침 시간도 새벽 1시로 늦춰졌는데 새벽 4시 40분 기상이 순조롭다. 그리 어렵지 않다. 늦게 자고 일찍 일어나도 전혀 피곤함을 느낄 수 없다. 내 몸 상태가 새롭게 세팅이 된 것일까? 하루 종일 TV를 보거나 다른 매체에 빠져서 시간을 아무 의미 없이 흘려보내지 않는데 하루하루가 빠듯한 이유는 무엇인가? 당장의 파이프라인을 구축하는 곳에 힘을 쏟기보다는 재테크 공부에 심혈을 기울이며 해당 책들에 빠져 있는 나를 발견한다. 난 무엇을 찾고자 이 많은 책을 읽으며 시간을 보내고 있는 걸까? 어제저녁 신랑과의 말다툼은 나로부터 시작됐다.

못 하나 제대로 못 박느냐는 타박을 하며 오랜만에 짜증이 섞인 말투가 튀어나온 나를 봤다. 매일 마음공부를 하면서 방어막으로 제어되어 있던 막이 벗겨져 내 속의 감정이 그냥 아무렇지 않게 툭 하고 튀어나오는 모습을 봤을 때, 그 감정은 신랑과의 감정으로 넘어가 신랑 감정에서 내 감정이 드러나는 악순환의 쳇바퀴가 돌아가는 것을 느낄 수 있었다. 내가 느끼는 지금 당장의 감정 해소를 위해 내뱉은 말은 곧 혹 하나 더 붙어서 나에게 메아리처럼 거대한 울림으로 되돌아온다는 것을 어제의 경험으로 깨닫게 되었다. 이런 깨달음을 알게 되어 참 반갑다. 깨닫지 못한 내 안의 밑바닥, 취약하고 부정적인 감정이 조금씩 밖으로 떠오르면서 내가 알아차리고 그 알아차림으로 새로운 나로 재설정할 수 있음에 정말 반가운 감정이다. 이런 통찰을 스스로 알아차리며 깨닫고 성찰할 수 있음에 감사합니다. 감사합니다. 감사합니다.

2021. 6. 14.

삶에 정답은 없다,
내 문제에서 좋은 포인트 찾기!

삶에는 정답이 없습니다.

삶에서의 그 어떤 결정이라도 심지어 참으로 잘한 결정이거나 너무 잘못한 결정일지라도 정답이 될 수 없고, 오답도 될 수 있는 것이지요.

[법정스님 , ★ 삶에는정답이 없다 ★<출처: 네이버 블로그>,재인용]

2021. 6. 17.

감정에도 근육이 있다(부모, 유머,
가해자〈〉피해자, 스페셜, 무의식, 이간질, 잠자리
공간, 이론과 현실, 나 태어남, 감정의 파동)

마음이 찌릿찌릿 아프고 싸~한 느낌!

내가 쓰지 않고 있던 감정이란 근육을 움직이니 그렇구나 하고 느꺼진다.

처음은 아파서 부정하고 극한 방어를 하지만 이런 감정들은 있는 그대로 느끼고 받아 주고 바라볼 때 '내가 점차 성장하고 있구나.'라는 것을 느낀다.

오늘 대화에서도 다양하고 깊이 있는 통찰, 성찰을 할 수 있게 해 주시며 우리의 외면이 아닌 내면에서 찾도록 안내해 주시는 인도자께 감사 인사 먼저 드려요.♥

- **부모=리더 역할**: 쉼 없이 반복하는 것=반복해서 알려 주는 사람이다.
- **유머**: 진지하지 않으면 사람이 가벼워 보이거나 경박해 보이는 것이 아닌 서로가 어떻게 하면 즐겁고 편안하고 안전한지 생각하게 된다.
- **가해자 < > 피해자**: 피해자 입장에서 세상을 바라보았고 뒤집어 보면 그 많은 사람에게 가해자였다는 걸 아는 순간 나를 통해 그 많은 가해자는 얼마나 고통과 아픔이 더했을지 성찰함에 감사, 감사, 감사!
- **스페셜**(Special): 우리 모두는 다 소중하고 특별해.

  '나만 특별해! 그리고 난 다른 사람들과 달라.'가 아닌 나와 너 모두 특별하고 우리는 서로 닮았어!
- **무의식**(그냥 나오는 생각) **> 의식**(그 생각을 통찰하다): 자극(공간을 둔다) 그리고 반응 > 난 어떻게 할지 선택한 후 움직인다.
- **이간질**: 부모가 자식과 배우자 사이를 이간질한다. 나만 좋고 착한 사람 하기(작은 예시로 아빠가 아들에게 좋은 아빠가 되려고 엄마와 상의 없이 아이가 원하는 딱지를 사 주는 경우), 엄마, 아빠 서로 동의 구하고 결정하기! 작은 사회인 집에서 가족끼리 동의하에 결정되는 일이 얼마나

되는지 되돌아본다.

동의란 참 중요하다. 우리 아이들이 사회에 나가 사람들과의 관계에서도 상호 존중 아래 동의를 구하며 살아갈 수 있는 힘이 가정에서부터 길러질 수 있다는 것을 깨닫게 된다.

● 부부, 아이들의 시간, 장소를 소중하게 여기기

부모는 부모 방, 아이들은 아이들 방, 특히 잠자리 잘 구분하기!

● 이론과 현실은 다르다. 100권, 1,000권이 넘는 책을 읽어도 현실에서의 삶은 이론과 같지 않다.

물론 책을 읽다 보면 저자의 솔직함이 느껴지는 책이 있지만 상업적인 책들도 있어 아쉽다.

● 부모로부터 탄생, '나 태어남'은 죽을 때까지 빚을 갚을 수 없다. 잘해도 모자란 인생이다.

내가 부모가 되고 나서 보니 내 부모는 나보다 더 열악한 환경에서 생존과 버팀을 번갈아 견뎌 내야 했을 텐데…. 부모를 더 존경하게 되며 내 부모가 윗세대 부모에게 받지 못한 사랑과 애정, 관심, 표현을 내가 위로 흘려보내야겠다고 깨닫는다.

● 감정이 있다는 건 신이 인간에게 주신 큰 복 중에 하나라는 것이다.

우리는 감정이 연결되어 있다. 내 감정 파동이 너에게 전해지듯 너의 감정이 나에게도 전해진다.

긍정 파동을 보내면 긍정 파동이 출렁이고 부정 파동을 보내면 부정 파동이 울렁인다.

사랑나무 Said

2021. 6. 19.

행복은 무엇일까? 내 주위 가까운 곳에서부터 작은 행복을 찾자(행복은 지금 이 순간 느끼는 거야)!

Happiness is not far away. 행복은 멀리에 있지 않습니다.

It is hidden in my life. 우리의 삶 안에 숨어 있습니다.

Look around you will find. 주위를 둘러보세요. 당신은 찾을 것입니다.

지금 이 순간 1분 1초를 즐겁고 행복하게 느끼고 감사하게 보내야 한다!

행복은 우리 주위에 숨어 있다. 찾으려 하지도 않고 관심도 없이 나중에 언제 올지 모르는 막연한 큰 행복을 기대하며 살고 있지 않나 자신을 돌아봅니다.

사랑나무 Said

출산, 탄생, 부모 은혜, 복의 복, 감사, 고마움

부모가 되어 출산을 하고 아이가 탄생한다.

부모와 자식은 각자의 위치에서 최선을 다한다.

부모는 자식보다 크다. 나는 작습니다. 부모는 크십니다.

이 세상에 건강한 심장으로 튼튼하게 아픈 곳 없이 태어날 수 있게 해 주신 부모님께 감사해야 한다.

우리는 건강한 탄생과 생명을 당연히 받는다.

누군가는 심장에 구멍이 있어 제대로 걷지도 뛰지도 못하며 병원에서 투병 생활을 하는데 부모로부터 건강을 선물로 받은 우리는 부모의 은혜를 감사와 고마움으로 느끼고 살고 있는가?

복은 복을 부르고 악은 악을 부른다.

내가 어느 쪽으로 마음먹고 선택하느냐에 따라 생각과 행동이 달라진다.

복의 복을 받을 준비가 되었다면 우주에게 탄생의 신비와 감탄을, 부모에게 은혜와 은인에 대한 고맙고 감사함을 자주 말로 표현하고 행동하자!

성찰, 창업, 너를 믿는다! 두드려라, 열릴 것이다! 찾아라, 찾을 것이다!

새로운 하루 시작과 함께 나를 성찰할 수 있음에 감사, 감사, 감사! 창업 아이템은 무궁무진하다. 너를 믿는다. 지금 행하는 행동 하나하나가 너를 좋은 방향으로 이끌어 준다.

두드려라, 그러면 열릴 것이다. 취업, 사업, 창업, 쇼핑몰, 가사, 육아 이 모든 행함은 너를 믿는 힘으로부터 나오며 찾아라, 그러면 찾을 것이다. 새로운 회사를 찾고자 한다면 내가 원하고 그리던 회사를 찾게 될 것이며, 내가 좋은 아이템의 사업을 찾고자 한다면 좋은 사업을 찾아 승승장구하게 될 것이니 이 모든 긍정 에너지를 우주에 보내고 상상하며 글과 그림으로 표현하라. 그리고 우주로부터 받을 모든 원하는 바를 잘 받음에 감사하고 감사하며 또 감사하자!

에고의 정의(서문 겸손), '에고라는 적'

그 누구(무엇)보다 더 잘해야 하고 더 많아야 하고 또 더 인정받아야만 하는 것, 이것이 바로 에고이다.

에고의 정의: 모든 것으로부터의 의식적인 분리

1. 열망하지만 겸손하다.

2. 성공을 해도 자비롭다.

3. 실패를 해도 끈기가 있다.

에고에 휘둘려 자기가 하는 일에 감정적으로 몰입하면 이성적인 분별력을 잃어버리기 무척 쉽다!

자기가 추구하는 것을 이루려면 생각은 크게 할지라도 행동은 작게 해야 하고, 또 그런 태도로 삶을 살아야 한다. 타인으로부터 받는 인정이나 어떤 지위에 신경을 쓰는 대신 무엇을 실천하고 공부할 것인지를 고민해야 한다. 그때 우리가 품는 꿈은 거대한 야망이 아닌 구체적인 형태를 갖추게 될 것이다.

● 겸손 카드

누구도 완전할 수 없다는 생각에서 실수를 배움의 기회로 여깁니다. 자신이 저지른 실수로부터 배우고, 보다 나은 방향으로 자신을 변화시키세요.

● 다짐

나는 다른 사람이나 나 자신을 함부로 판단하지 않습니다.

2021. 6. 23.

실패를 두려워하지 마라!
나는 너를 믿는다

어떠한 일에 대변해서 우리는 두려워한다.

내가 사람들과 잘 지낼 수 있을까?

내가 업무를 잘 습득하고 잘 적응할 수 있을까?

고된 일과 분노 조절 장애 상사의 비유를 잘 맞출 수 있을까?

여직원들과의 관계에서 잘 협업할 수 있을까?

남자 직원들과의 관계에서도 원활히 잘 의사소통을 할 수 있을까?

내가 사람들의 말귀를 잘 알아들을까?

내가 사람들에게 말을 잘할 수 있을까?

수습 기간 6개월 동안 잘 적응하고 업무를 원활히 해서 정규직이 될 수 있을까?

사람들을 기피하고 두려워하는 내가 관계를 잘 형성할 수 있을까?

조직 생활을 안 하다가 다시 시작할 때 어려움이 없을까?

내가 다시 일어서서 20대, 30대처럼 앞을 향해 열심히 나아갈 수 있을까?

감정적인 상처를 받았을 때 회복할 수 있을까?

유머 있고 재치 있는 사람이 될 수 있을까?

<나를 위한 무의식 암시 최면>

사람들은 나와 얘기하고 싶어 환장한다. 나는 너를 믿는다.

나는 행복해! 나는 풍족해! 멋진 집을 구했어. 정말 고마운 세상이야!

난 돈이 붙은 자석이다. 고맙다, 고마워!

바른 몸가짐, 웃는 얼굴, 애정 어린 말, 이 세 개면 충분합니다.

책을 많이 읽고, 교회를 오래 다녀도 그렇지 않은 자와 무엇이 다른가? 자기 통찰, 다른 이로부터의 깨달음

어린 시절 언니가 자주 하던 말이다.

"너와 엄마는 교회를 다니는 사람들이 왜 그래?" 왜 자기감정 제대로 추스르지 못하고 다른 사람에게 피해를 주느냐는 얘기였다. 나와 엄마는 극단적이면서도 상대 감정을 잘 못 알아준다. 내 감정을 우선시한다고 해야 할까? 아무리 교회를 오래 다녀도 오랫동안 내게 머물러 있는 감정은 쉽게 변하지 않는다.

아무리 많은 서적을 읽고 실천해 보려고 노력해도 이론과 현실은 크게 다르며 그 안에 갭이 존재한다.

결국 어느 것이 옳다기보다 나 자신을 성찰하고 반성하며 다시는 실수를 반복하지 않기 위해 회개하고 책 속에서의 내 감정과 느낌을 직접 접해 보고 글과 말로 행동을 표현하면서 부단한 노력을 해야지만 진정한 성찰이 이루어지며 한 걸음씩 발전의 길로 내디딜 수 있는 건 아닐까?

당나귀 명상! 가슴이 답답할 때, 억누르는 감정과 기억을 내려놓고 싶을 때★

당나귀 명상, 당나귀를 무거운 짐이 누르고 있듯,

우리를 억누르고 있는 감정과 기억들을 풀어서 내려놓을 수 있는 명상법

'소~'에 들이마시고, '함~'에 내쉬고,

소리의 속도를 따라가면서 호흡에 집중하기

편안하게 누워서 하기

https://s3-us-west-2.amazonaws.com/breathatwork/SoHam+Meditation.mp3

가화만사성[2] or 풍비박산[3], 내 선택은?

아주 어린 시절부터 어른들 입에 오르내리던 말 중 "가화만사성"이라는 말이 마음에 와닿는다. 한자도 몰랐던 어린 나이에 나는 왜 이 말이 그토록 끌리고 좋았을까? '집이 화목하면 어째서 모든 일이 잘되나?'라는 생각을 해 본다. 모르는 남자와 여자가 만나 가정을 꾸리고 자녀를 낳으면서 작은 사회 집단이 형성된다. 그 안에서 다양한 감정을 경험하고 유년기, 청소년기, 성년이 되어 사회에 나가면 겹겹이 쌓여 있던 작은 사회 집단에서의 모습, 감정들이 내면 깊숙한 곳에서 불쑥 튀어나온다.

아무리 밖에서 잘하고 집에서 풍비박산 난리를 쳐도 밖에서의 비즈니스는 다르다고 나를 합리화했다.

일본 문화 중 '혼네와 타테마에(속은 아니지만 밖으로는 상냥함과 자상함을 표하는)'의 철저한 감정 조절은 물론 배울 점도 있다. 무조건 밖으로 쏟아붓는 불같은 한국 사람의 유형은 극단적인 행동으로 싸움을 만들고 싸

---

2) 家和萬事成, 집안이 화목하면 모든 일이 잘됨.

3) 風飛雹散, 사방으로 날아 흩어짐.

움이 번지고…. 무엇이 옳다고 할 수 없고 양쪽의 장점을 취하면 그만! 난 한국인이라 그런지 뼛속까지는 아닌데 일본인인 척은 안 하고 싶다.

진심으로 마음에서 우러나와야 그 감정이 내 감정이고 무엇이 나를 불편하고 힘들게 하는지 알아차렸을 때만 본연의 나와 대화하며 성찰할 수 있기에 나에게 올라오는 다양한 감정을 사랑하고 존중한다.

친정엄마가 안이나 밖이나 불같은 성격이라면 언니는 안에서 불같이 내지르고 밖에서는 절대 자기감정, 불쾌함, 분노를 발설하지 않는다. 삭히고 삭혀서 정말 참을 수 없을 때 술자리에서 유머러스하게 해소하는 타입! 물론 사람들의 감정이 다치지 않도록 최선을 다하는 모습은 정말 배우고 싶은 언니의 장점이다. 하지만 그 억누르고 억압되어 있던 감정은 엄청 뜨겁게 달구어진 불덩이가 되어 집안사람들에게 파편처럼 튀어 아픔을 준다. 너무 억누르다 집에서라도 해소하니 다행이지만 그런 언니가 가여워 보인다. 얼마나 힘들지, 아플지, 살기 위해 집에서라도 풀고 있구나! 그런데 내가 기적의 5시 방에서 깨달은 것은 꼭 어딘가에서 해소를 시켜야 해결되는 것이 아닌 화를 내거나 짜증을 내야지만 내가 살아 있다는 걸 인정받는 게 아니라는 거였다. 나 스스로 자가 치유 능력이 있고 수위 조절도 얼마든지 가능하다는 배움이었고 난 지금도 마음공부 중이지만 점차 마음이 편안해지고 안정되어 간다는 것을 느낀다.

최근 자녀에게 다른 부분을 발견한다. 이 아이가 누구에게 양육되느냐에 따라서 나라의 큰 일꾼으로 존경을 받으며 살아갈지 아니면 손가락

질과 비난으로 치욕스러운 삶을 살아갈지 양육자의 역할이 크다는 거다. 난 대한민국에서 두 자녀의 엄마로서 아이들 앞에 나타나 아이들의 몸과 정신이 아주 건강하게 잘 자라는 것이 가장 중요하다고 생각한다. 그렇게 잘 자라서 기쁘고 즐겁게 인생을 살아가길 원한다. 그런 아이들의 영향이 또래 친구에게도 전달되고 또 사회에서 사람들 모두에게 영향력을 줄 수 있는 사람으로 성장한다면 얼마나 기쁠지 생각만 해도 콧바람이 나고 신이 난다. 이것이 나라, 지구를 구하는 일이지 무엇이겠나 하는 생각이 든다. 다른 큰일을 하려고 해도 그렇다. 예로 공기가 안 좋으니 나무를 심어야 한다는 생각이 들었을 때 멀리서 찾기보다 당장 내 앞에 있는 작은 좁쌀 한 톨, 씨앗 하나를 찾아 내 집에 씨앗을 심고 물을 주고 나무가 자라기를 기다리고 기다리고 기다리는 인내가 필요함을 느낀다.

난 감사하게 결혼도 했고 아이도 있고 부모님도 살아 계시지만 가끔 내 안의 외로움의 갈증이 올라올 때 가족에게 안아 달라고 한다. 나를 처음 보는 사람은 유치하게 아이도 아니고 어른답게 보이지 않는다고 할지라도 나는 안는 것이 참 좋다. 사람들에게 관심을 받고 싶을 때 겉치레라도 "괜찮아? 많이 아파?"라는 말이 위로가 되어 그 말들을 히든카드로 쓸 때가 있었다. "나 사랑해 주세요.", "관심을 받고 사람들과 연결되고 싶어요."라는 말이 차마 떨어지지 않아서 그랬을까? 말이 안 떨어질 때는 내 가까운 가족 아니면 좋은 사람을 만났을 때 양팔을 옆으로 크게 벌리고 몸으로 달려가 안아 보면 말이 필요 없다. 어느 순간 따뜻한 감정이 두 사람 사이에 흐르고 있는 것을 느끼며 생동감과 살아 있음에 감사하게 된다.

2021. 6. 29.

시간과 의지⁴⁾에게 감사,
감사, 감사, 의지의 힘!

인간에게는 공평하게 주어지는 이 시간을 어떤 사람으로 살아갈 것
인지…. 명확한 내 의지를 가지고 사용한다면 무엇이든 못 하겠는가?
건강, 결혼, 가정, 성공, 부자, 목표 등….

모든 것은 사람 마음먹기에 달려 있다. 내가 꼭 이루고자 하는 마음
이 강하다면 이는 곧 의지로 타오르고 지금 이 순간 일분일초를 그냥
흘려보내지 않을 것이다.

---

4) 意志, 어떠한 일을 이루고자 하는 마음.

2021. 6. 30.

'불안, 초조, 긴장, 걱정하는'
내 안의 에고

(찾아라, 찾을 것이다! 두드려라, 열릴 것이다!)

초등학교 1학년 딸이 어제부터 자기 혼자 학교 등원을 한다고 했다.

어제는 걱정 반, 기특함 반이었고 무사히 등원함에 대견하기까지 했다.

오늘도 어제처럼 혼자 등원한다고 했고 학교 근처에 도착하면 영상 통화를 하기로 했다.

학교 앞에서 영상 통화까지 했는데 잠시 내 머릿속에서 '영상 통화 할 때 주위 배경을 자세히 꼼꼼히 볼걸!' 하는 생각이 맴돌았다. 학교 안까지 들어간 것이 맞나? 아니면 그 앞에서 설마 무슨 일 생기는 건 아닌가? 이런 말도 안 되는 걱정, 근심을 부여잡고 불안한 마음에 두세 번 전화를 건다.

전화 사용 제한이 있는 학교 규칙을 통으로 날려 버린 후 내 감정이 또 앞섰다.

결국 둘째가 화장실에서 전화했다. 학교에 있는데 전화하면 어떻게 하냐는 울먹이는 목소리를 들으니 가슴이 미어지고 '내가 너를 믿지 않았구나!' 생각하니 마음이 쓰리고 아팠다.

누군가를 믿고 기다려 준다는 것! 부정적이고 불안한 마음이 들면 그건 지금 사실이 아님을 깨우치며 내 머릿속에서 속삭이는 불안 증세이니 딸을 믿는다면 끝까지 믿어 주자! 의심이나 불안은 잠시 내려놓으면 어떨지 깊이 반성하게 된다. 지금보다 어린 시절 친정엄마가 나에게 전화해서 안 받을 때 이런 불안하고 부정적인 생각에 휩싸여 안절부절못하고 힘드셨겠다는 생각에 죄송한 마음과 엄마의 그 느낌, 감정을 오늘 경험함에 새로운 깨달음을 얻었다.

아침 6시 40분부터 7시 30~40분까지 산책 겸 조깅을 하면서 매일 명상처럼 생각에 잠긴다.

내 안의 소리에 귀 기울인다는 느낌이랄까? 문득 어제 엄마 전화를 귀찮게 여김에 미안함과 죄송함에 사과 문자를 드리고 사랑 제대로 받도록 해야겠다는 다짐과 동시에 깨달음을 얻는 시간을 갖게 되어 감사합니다. 아쉬운 점은 월요일 네 잎 클로버를 찾은 후 오늘 제대로 된 명상보다는 '네 잎 클로버 또 없나?' 하며 땅만 보고 달린 것이 아쉽다. 하나만 찾았으면 됐지 뭘 또 욕심을 부려 찾고 있는 나! 내 안의 에고는 나와 또 타협하라고 속삭인다.

'계속 열심히 쭉 달렸으니 오늘만은 괜찮아! 그냥 천천히 걷고 시간 좀 늦으면 어때? 지금 이 순간을 편하게 즐기면서 가도 되잖아?'라는 타협의 목소리…. 에고였구나! 네 잎 클로버 유사 종족을 찾기는 찾았다. 변종이 된 잎, 네 잎 클로버 같다고 해야 할까? 안에 흰색 선은 없지만, 자세히 보니 잎 스타일이나 줄기는 네 잎이랑 같구나! 찾아라, 찾을 것이다. 두드려라, 열릴 것이다. 감사합니다.

<코칭>

　인간의 본성, 본능은 Protect(보호하다, 지키다)! 나를 위험에서 살리기 위해 지킨다는 뜻이다.

　불안, 초조, 긴장, 걱정 등도 본능에서 나오는 감정이며 너무 그쪽으로 치우쳐 생각하는 것이 아닌 '내가 지금 이런 감정이 들고 있구나!' 생각하며 떠오르는 감정을 있는 그대로 받아 주며 안정시키고 긍정 에너지를 끌어오는 선택을 한다.

받는 센서가 고장 나다!
자신의 핵심 불평 살펴보기,
사랑도 받는 연습이 필요하다

당신 삶의 모든 것은 당신의 책임으로 돌려드립니다. 당신의 인생에 대해서 있는 그대로 존중합니다. 나는 나의 삶을 삽니다. 조상님은 나보다 크고 먼저이십니다. 나는 작고 나중입니다. 크고 먼저이신 조상님, 저를 축복해 주세요.

트라우마 치유 문장 中

오늘 기적의 5시 방에서 나눈 대화 중 "사람이 매번 느끼는 감정은 모두 연결되어 있다."라는 말⋯.

조상, 낙태, 사산아들의 에너지 또한 상실에 대한 애도가 필요하다. 그만큼 잠시지만 왔다 간 생명조차도 존중해 줘야 한다는 것! 모두 감정 에너지와 연결되어 있고 그 에너지를 존중받아야 한다.

초등학교 때 처음으로 세상에서 가장 무서웠던 엄마에게 "사랑해요."라고 기어들어 가는 목소리로 말했다. 혼날까 봐, 호령이 떨어질까봐 무서웠던 그때 엄마의 반응이 떠오른다. 거대한 빙산이 사르르 흘러내리는 느낌, 처음 사랑 표현이 낯설고 어색한 기분을 오늘 YH를 통해 느꼈다. 나에게 "언니 사랑해요."라고 했다. 누군가에게 사랑한다는 말을 들었을 때 낯설고 어색한 감정을 받는 것이 아닌 주는 그대로 덥석 받자! "그래, 고마워! 나도 사랑해!"라며 아직은 받는 표현이 어색하지만 늦었다고 생각할 때 가장 빠르다고 하지 않았나. 사람들이 마구마구 주는 사랑 듬뿍 먹고 잘 받으며 많고 큰 사랑 키워서 더 많은 사랑 나눠 주겠습니다!

<자신의 핵심 불평 살펴보기>

사람에 대한 접근 두려움? 친밀감, 따뜻함, 반가움 등 인생을 통틀어서 섭섭해했다.

'엄마는 언니만 사랑하고 예뻐해. 언니는 나에게만 뭐라 해.'라는 섭섭한 감정들이 있었다는 것을 알았다.

난 사랑받는 센서가 고장 난 줄 몰랐다. 사람들이 나에게 주는 사랑을 제대로 받지 않으면서 섭섭한 감정들만 부여잡고 있었다. 결국 나 때문에 엄마가 많이 섭섭하셨을 테고, 언니가 나에게 섭섭했을 거다. "엄마, 언니, 그 많은 사랑 줘서 고맙고 사랑해! 이제 섭섭함 대신 주는 사랑 잘 받을게.^^"

사랑을 표현해야 하는 이유!

"오랫동안 음식을 먹지 않으면 허기진 것을 잊어버리는 것처럼, 사랑도 표현하지 않으면 어떻게 표현하는지 방법을 잊어버린다."

태초에 신은 말로 창조하다.
창세기→표현, 이끌어 내기

감정이 있는 사람에게 가장 듣고 싶은 말은 관심, 사랑, 존중, 격려, 위로, 응원 등….
그냥 바라만 보는 것이 아닌 애정 어린 말로 표현했을 때 우리는 인식하고 느끼게 된다.
표현의 중요성을 다시 한번 상기하며 내가 선택 가능한 범위 안에서 최대한 긍정적인 선택을 한다.
감사합니다. 고맙습니다.

2021. 7. 4.
내 아이가 예의 있고
존중받기를 원한다면?

자식이 버릇없는 행동과 말을 부모에게 할 때 부모들은 "너 왜 그렇게 버릇이 없어?"라며 훈계를 한다.

예의는 어디서부터 배우는 걸까?

존중이라는 단어의 어원처럼 누군가를 존경하고 중요시하는 것 또한 어디에서 배우게 되는 것인가?

바로 엄마, 아빠로부터 배운다.

우리 아이들은 부모로부터 예의와 존중을 받아 본 적이 없는데 어떻게 예의 있고 존중하는 말과 행동을 할 수 있겠나? 나부터도 자식을 예의 있게 대우하고 존중하는 행동을 보이는 것이 먼저이다.

내 자식이라고 윽박지르고 소리 지르며 짜증 내고 화내며 회초리로 위협하는 것이 아닌 아이의 상태를 살피고 존중해 주고 예의를 갖추어 다가갈 때 거기서부터 시작이다. 그래야 자연스레 아이들은 예의와 존중을 접한다. 성경 구절에도 있지 않던가? 타인을 높이면 내가 높아지고 낮추면 내가 낮아진다는 원리이다.

내가 먼저 행하며 말해야 그것이 메아리처럼 나에게 돌아온다는 것을 인생을 살면서 매번 반복되는 실수 속에서 성찰하고 알아 감에 감사, 감사, 감사!

2021. 7. 4.
반복되는 패러다임(무례함)

나의 취약함은 매번 같은 패러다임이라는 것이다.

사람들 속에서 내가 공격당하고 있다는 생각과 느낌을 놓을 수 없는 건 인간 생존 본능의 감각 중 하나이다. 그 생존 본능이 과할 때 상대가 나에게 쓴소리를 하고 도움을 주기 위한 방법을 제시해도 그 공격 방어막을 해지하려 하지 않아 매번 반복되는 관계의 골이 깊어져 가는 것은 아닐까?

사람들로부터 비난, 공격, 미움 살까 두려워….

몸 사리고 있는 동안 이미 그런 상황들을 불러들이고 있지는 않은지 생각해 본다.

이미 벌어지지 않은 일에 먼저 앞서 상상하고 두려워한다면 더 큰 공포가 내 안에서 일어난다는 것.

막상 현실과 마주한다면 정말 아무 일도 아니며 두렵거나 공포스러운 일이 아닌 것에 매달려 있는 경험을 할 때가 있다. 무엇이 나를 두렵게 만들고 힘들고 아프게 하는가? 그 무엇은 바로 나다! 내면의 성찰이 필요하다. 내가 지금 또 그러한 패러다임에 빠지려 한다는 성찰을 한다면 반은 성공했다.

무례한 함정에서 빠져나오기, 순수, 깨끗함과 순진, 어리석음의 차이를 알자.

현실의 나와 과거의 나 그리고 미래의 나는 하나이다. 곧 난 어떠한 나로 하루하루를 보다 나은 나로 성장하고 발전하기로 선택하며 나아가고 있음을 믿는다. 꾸준히 매일 자기 성찰을 통해 알아차리고 성장하는 그날까지….

<공감 성찰 사례>

다른 사람의 말을 수용하고 자기 성찰의 시간을 갖는 것은 정말 대단하고 멋진 일이다. 이런 아름다움을 전에는 방어하느라 알지 못했다. 알아듣기 쉽게 날카롭게 이야기를 해도, 사랑의 눈으로 다정하게 말을 해도, 나는 그러한 말에 상처받았다. 또 한편으로는 원망도 했다. '쳇, 나는 잘하고 있는데, 잘할 건데 왜 나한테 뭐라고 하지?' 상처와 원망, 공격 등 이런 단어들만 내 감정에 들어왔기 때문에 자기 성찰의 공간이 없었다. 공간은 여기에서도 중요하다. 공간이 없으면 항상 표면적인 것, 1차원적인 것만 보이고 느껴진다. 수용하고 배우는 자세를 가지면 나를 둘둘 싸고 있던 고집이 떨어져 나가고 크게 볼 수 있는 눈과 마음이 얻어진다. 그때부터 나의 알아차림이 시작된다. 더 넓게 보고 멀리 보니 그만큼 나는 더 배워 간다. 결국 수용하는 것은 나를 작아지게 하는 것이 아니라 더 큰 사람으로 만들어 준다. 거기에서 더 나아가 상대방의 말이 정말 나를 위한 것인지, 나를 지배하려고 하는 것인지를 알아볼 수 있는 판단력도 배운다. 모든 것이 수용하고 자기 성찰을 해야 얻어지는 것들이다. 지난날 나에게 수많은 고마운 말을 해주었지만 제대로 받지 못했던 나를 반성한다. 내 마음대로 사랑을 해석하고 판단하여 내가 원하는 모양으로 사랑을 주지 않았다고 외톨이 행세를 하던 나를 반성한다. 잘 받고 잘 듣고 배부른 사람이 되겠습니다!

기적의 5시 방 YH 글 中

2021. 7. 11.

소중한 사람 포함 모든 이에게
전해지는 애정과 기쁨은 나에게도
큰 기쁨으로 두 배가 되어 돌아온다!

가슴이 아프다. 내가 사랑하는 사람이 힘들게 살아갈 때….
경제적 자유로 여유 있는 삶을 살고 같이 함께 행복하게 살 수 없을까?

가슴이 미어져 온다.
나에게 도움을 주며 애정과 사랑을 한없이 흘려보내 주던 사람들에게 내가 지금 할 수 있는 일, 도움을 줄 수 있는 일은 무엇일까?
응원과 격려뿐! 트라우마는 유전된다는 책을 읽으면서 첫째들이 부모와 비슷한 삶을 살아가는 이야기가 가슴 아프게 와닿았다.

언니도 엄마의 트라우마가 유전되어 살아가고 있는 것일까? 난 참복도 많고 감사하며 고마운 사람들이 내 옆에 계셔서 그 은혜를 평생세상 모든 이에게 긍정 에너지로 보내도 모자랄 정도로 복의 복을 받고 있다는 것을 깨닫고 느낀다. 내가 긍정 에너지를 흘려보내면 그 파동이 옆으로 옆으로 흘러 저 큰 바다처럼 깊고 푸르른 곳으로 큰 사랑이 커져 가지 않을까? 내가 할 수 있는 에너지를 동원해 응원하고 격려하며 사랑을 주고 애정을 쏟을 수 있다는 큰 축복을 주심에 감사하고 고맙습니다.

'세 가지 질문'

어느 날 황제가 신하들을 불러 놓고 세 가지 질문을 던졌다.

첫째, 인생에서 가장 중요한 때는 언제인가? 지금.

둘째, 인생에서 가장 중요한 사람은 누구인가? 바로 내 곁에 있는 사람.

마지막으로 인생에서 가장 중요한 일은 무엇인가? 그 사람을 위해서 좋은 일을 하는 것.

누군가를 가르치려 하거나 판단, 해석, 평가하려 들지 마라!

그가 하고 있는 생각과 행동을 존중하며 있는 그대로 받아들이고 이해하며 응원하고 격려해 주어라!

『나를 넘어서는 나: 더불어 살아가는 인성부활 교육프로젝트』 中

신생아가 떼쓰고 우는 건
자기표현을 잘한다는 증거!

큰아이는 신생아 때부터 너무 잘 울고 보챘다.

그냥 막연히 힘든 아이라고 낙인을 찍어 버리고 단정하고 사랑스러운 표정과 눈빛 대신 힘겹고 힘든 표정으로 대했던 내 모습이 떠오른다. 큰아이가 유난스러운 걸까 생각한 적도 있고 다른 아이들보다 좀 모자란 거라는 생각도 했던 30대 초반 낯선 엄마의 역할을 맡은 난 그냥 그렇게 아이의 감정과 마음을 짜증과 답답함과 속상함으로 넘겼다. 지금은 나를 반성하며 첫째에게 표현하는 방법이 그때와는 사뭇 다르지만 아직은 미숙하기에 인내하고 인내하고 또 인내하면서 기다려 줄 수 있는 부모가 되고 싶다.

오늘 애착 손상 회복에 대해 배웠는데 내 어린 시절의 성장 과정과 내 가족, 나의 또 다른 연장 삶을 살아가는 자녀들에게는 나와 같은 트라우마를 물려주지 않겠다는 마음가짐을 갖는 시간이었다. 감사하고 고맙습니다. 행복한 하루 보내세요!

2021. 7. 16.

매번 반복되는 내 패턴을 재점검하다

(나의 오만함, 나의 방자함, 실수를 바로잡다)

우리는 삶 속에서 내가 손해 보는 장사는 하지 않으려 한다.

일, 회사, 인간관계 등 삶 안에서 벌어지는 모든 일을 들여다보면 우선 내가 이득이 있고 실속이 있는 곳에 에너지를 쏟는 것을 본다.

예로 회사 생활에서 나의 반복되는 패턴 중 하나는 지금 내 일이 과부하가 되면 안 되고 정시에 퇴근해야 하기에 최대한 내 위주로 일의 흐름을 끌어간다. 누군가는 이기적이라고 하고 협업이 없다고 보기도 하고 또 누군가는 맺고 끊음이 명확하고 시간 관리를 잘한다고 보거나 업무상 쳐내며 일의 순서를 정한다고 하는 등 대등한 의견이 나온다. 여기서 나의 선택과 개선점은 시간 관리를 잘하며 일이 순조롭게 잘 진행되고 마무리되는 것도 중요하지만 누군가의 요청과 부탁을 그냥 묵살해 버리는 행동과 판단, 해석은 내 마음대로 정하지 말며 양해를 구하고 사과할 줄 아는 상황에 잘 협업하며 순조로운 상황을 만들자.

잘한 일 하나, 잘못한 일 하나

● **잘한 일 하나**

오전 석수 도서관에 대여 책을 반환하며 3시간 나만의 시간을 가지며 깊은 사고를 함에 감사, 감사, 감사!

● **잘못한 일 하나**

아침 9시에는 석수 도서관에 가야 하는데 나가려고 하면 큰아이는 이것저것 나에게 요구를 한다.

지난주도 그렇게 요구를 들어주다 보니 시간이 그냥 지나 버려 가려고 한 곳도 계획대로 행하지 못해 후회하고 신랑과 말다툼도 일어났다. 그런 반복되는 패턴에 불만이 쌓여 있던 나는 첫째에게 고래고래 소리 지르며 화를 내 버렸다.

그런 말을 뱉고 난 기분이 영 편하지 않았고 그 말을 받은 첫째 또한 편치 않았을 것을 안다.

이 부분에서는 부모는 크다는 말을 아예 잊고 행했다. 첫째는 그냥 작은 아이일 뿐 부모처럼 깊고 크게 생각하지 못한다는 것을 잠시 잊고 화를 내 버렸다. 괜한 감정 에너지를 쓰며 마음만 상한 상황이었다. 저녁에도 비슷한 패턴이었다. 나의 구차하고 찌질한 모습을 내 안에서 대면하니 구역질 나는 감정이 올라왔고 그걸 가족에게 퍼부어 댔다. 아이들은 일주일 중에 주말인 토요일, 일요일은 행복하고 좋은 날이어서 엄마와 아빠와 같이 즐겁고 재미있게 보내기를 원한다. 그 감정을 들어 보려 하지 않고 아빠는 아빠대로 엄마는 엄마대로 "주말은 좀 쉬자!"라는 말로 아이들에게 윽박지르는 모습이 보였다. 아이들 입장에서 부모에게 놀아 달라고 심심하다고 하는 건 그들 삶의 일부분인데 어떻게 하면 즐겁게 재미있게 놀까를 생각하는 것이 아닌 귀찮다고 피곤하다고 싸잡아 버리는 부모의 감정들이 아이들에게도 전달되었으리라. 미안하고 아쉽고 창피하고 민망하고 부끄럽다. "뭣이 중헌디." 기적의 5시 방에서 해 주셨던 말이 머릿속에서 맴돈다. 난 무엇을 위해 일을 하며 무엇을 위해 열심히 살며 무엇을 위해 헌신하며 무엇을 위해 살아가는가? 그 무엇은 가족이다. 자녀이다. 배우자이자 부모이다. 그 원초적인 무엇을 잊고 당장의 내 감정에만 꽂혀서 힘겹게 싸우고 있는 건 아닌지 반성하고 또 반성한다.

　욕에 대한 선입견을 버렸는데 내 입에서 불현듯 튀어나오는 '18'을 소중한 가족에게 던지듯 하고 있는 나를 발견한다. 먼 18을 그렇게 자주 남발하고 지랄인지…. 무엇이 중요한지, 부모는 크고 아이는 작다는 마음가짐을 다시 한번 되새기며 또 몇 개월 전에 있었던 바닥의 감정과 마주했다. 그 감정을 불러일으키고 그 감정을 부여잡고 있는 나를 보았다.

2021. 7. 18.

나를 반성하는 시간
(찌질하다, 욕하다)

그다음에 '내가 어떻게 이런 상황을 만들었는가?' 생각해 보라. 다른 사람이 관여된 일이면 '그 상황에서 내가 어떤 역할을 했는가?' 자문해 보고 그에 대한 대답을 써라. 이런 연습으로 자신의 인생을 책임질 수 있으며, 효과적인 전략과 비효과적인 전략을 파악할 수 있을 것이다.

자기가 말한 생각에 사로잡혀 있다
(사람들은 나에게 관심 없다!)

우리는 대화 중 자기만 생각하느라 바쁘다.

내가 얘기 도중에 실수나 잘못 말한 것이 있나? 없나?

자기가 말한 내용을 생각하느라 정작 다른 이들의 말에 제대로 귀 기울이지 않는다.

그렇듯 다른 이들도 마찬가지다. 각자의 입장에서 생각하느라 바쁘다. 내가 고민하고 생각하는 것처럼 사람들은 내 말에 그렇게 깊게 생각하고 반응하지 않는다.

'내가 말실수를 했나? 잘못 말했으면 어쩌지?' 하며 고민하고 신경 쓸 때 그들은 내 말을 잊어버렸거나 나처럼 자기 생각에 빠져 있어 누군가의 말에 관심을 갖고 있지 않다는 거다.

오늘의 교훈 한마디, 자책에서 벗어나자!

2021. 7. 24.
떠오르는 감정들
(우울감, 감정의 기복이 생기는 날)

내가 적대시하고 경계를 놓지 않는 이유는?

상담가들도 사람이고 자기의 생각과 해석 판단이 있다는 것이 보이기에….

우리 모두는 새롭게 나를 재설정하고 내 안의 에고와 사투가 매일 반복됨을 느낀다.

어제 내 안에서 밀려왔던 느낌과 생각, 감정을 정리하면 이렇다. 난 부자가 되기 위해 헌신하겠다고 선언했다. 그러기 위해 지금 하루를 알차고 열심히 최선을 다하고자 임하는 모습이 보이면서도 끝이 흐릿하다. 어쩌면 명확한 목표가 없어서 어느 쪽으로 길을 가야 할지 아직도 명확함이 없는 것은 아닐까? 집에서 하루를 보낼 때 9시에서 6시까지 아무렇게나 흘려보내는 시간이 너무 아쉽고 아까웠다.

내 안에 끓어오르는 에너지와 힘이 있는데 분출할 곳, 표출할 곳이 없었다고 해야 할까?

지금은 회사에서 근무하며 그 리듬과 업무에 몰입하는 감을 조금씩 찾아가는 연습과 경험을 익히는 과정을 다시 접하며 잃어버린 과거의 기억과 경험을 새롭고 한 단계 상승시키는 등 교육을 받으며 월급은 보너스라 생각하고 임하고 있다. 어제는 이런 생각과 마음을 잊은 채, 바닥의 내가 또 스멀스멀 위로 떠오르면서 우울감이 조금씩 밀려오는 느낌을 받았다. 역시 그날이다. 생리하는 날이다. 이 또한 나의 끌어당김인 듯하다. 여성으로서 엄청난 축복이 월경이다. 잉태하는 기쁨의 기초이며 여성 호르몬이 잘 분비되고 건강을 유지해 주는 월경으로 생각을 전환해 보자. 이런 연결, 끌어당김을 좋은 긍정 에너지로 재설정해 보는 것은 어떨까? 매일의 감사할 일들이 넘쳐 나는 하루를 주심에 감사, 감사, 감사! 우주에 좋은 에너지를 보내고 그 에너지는 기쁘게 받으며 더 큰 에너지를 나에게 선물로 주신다는 것을 느끼며 오늘 하루도 우주에 감사 에너지를 보내고 긍정 에너지를 받습니다. 고맙습니다. 감사합니다.

2021. 7. 28.

사람이 꼴 보기 싫고 답답하며 짜증 나는 이유는? 현상은 하나, 생각은 엄청 많다! 현상 하나만 바라보자! 생각에 사로잡혀 사람을 싫어하는 이유

소극적인 반응과 착한 척하는 사람들의 모습이 꼴 보기 싫은 이유는 내가 그런 사람이라서? 또는 그들의 행동 하나하나 신경 쓰고 자극을 받는 이유는 무엇일까?

<코칭>

그런 사람들을 보면서 내가 속으로 하는 말들을 한번 다~~~ 생각나는 대로 적어 봐.

1. 새코 모임(새벽 코칭 모임 축약)에서 새로운 멤버들이 있다고 조용하고 착하게 말하는 것이 성가셨다.

또 여러 이중적인 설정을 하고 있네. 믿음과 신뢰가 잘 안 가. 역시 그도 사람이지.

거국적인 업을 쌓는다지만 결국 자기 배 채우고 있는 거 아닌가? 예전 D 회사에서 김 S는 그냥 싫은 스타일이었다. 나와는 맞지 않는다고 설정값을 세워 두고 외모도 비슷하게 생겼으니 그도 그럴 것이라는 내 판단과 해석에 사로잡혀 있었다. 그 사람은 그냥 그러는 것뿐이다. 그곳에 내 해석을 넣지 말자!

2. 회사 이 D는 착하고 선하며 사람들과 좋은 분위기를 유지하려고 대거 노력한다는 것도 보이면서 저런 양의 탈을 쓴 사람이 결국 조용하고 아닌 척하며 뒤통수를 친다는 내 해석과 설정이 들어가 있다. 현상을 있는 그대로 보는 연습 필요!

3. T는 아무것도 모르고 앵앵거리며 우는 아이처럼 보채며 "빨리빨리!"를 외치고 나에게 주어지는 일들은 모두 중요하고 빨리 처리해야 하는 일로 전달한다. 일의 우선순위를 모른다. 급하다고는 하나 결국 급한 것도 아니라는 또 나의 해석, 판단이 개입된다.

난 그런 사람들에게 무언가 큰 것을 바라고 원하고 있는 것은 아닐까? 상대방은 절대 바뀌지 않는다. 나를 재설정하며 내 행동과 말을 재점검하기. 그곳에 내 감정과 해석, 판단을 넣어 머리 아프며 짜증나는, 힘든 일들을 끌어들이고 있는 것은 아닐까?

어느 곳을 가든지 사람들과의 대립 속에서 현상 하나만 보자! 우주만큼 많은 생각에 갇혀 내 기준의 판단, 해석은 잠시 내려놓고 지금 내 앞에 벌어지는 현상 한 가지만 볼 것!

구질구질하게 살까? 아니면 화려하고 멋있게 살까? 거지 인생, 부자 인생 내 선택은?

내 삶 안에 거지가 있다.

먹을 식량 등이 떨어질세라 아등바등….

내 그림자 하나, 거지 둘, "그냥 되는 것은 아무것도 없다!"

어린 시절 열악한 환경과 영양실조를 경험했던 나는 성인이 된 지금도 피해 의식이 남아 있음을 발견한다.

어떻게 해서든 내 새끼 그리고 가족이 먹고 싶어 하는 것을 사 줄 수 있는 돈이 너무 좋고 사랑스럽다.

궁색하고 치졸하며 비굴함, 인색함은 가난으로부터 왔다. 돈은 사람을 풍요롭고 여유 있게 하고 친절하고 관대하며 다정한 성품을 지니게 한다는 것을 깨달았다. 내 안의 거지가 부자가 되는 날까지 인생에서 그냥 되는 것은 아무것도 없듯 손품, 발품 팔아서 겸손하고 검소하며 부지런하게 부자가 되겠다고 설정한다. 찾고 행동하고 움직임으로써 내가 스스로 만들 수 있음에 감사한다. 오늘 피해 의식의 심리학은 나에게 정말 중요하고 소중한 내 삶이 들어가 있다.

내 인생의 절반 이상을 피해자, 거지로 살아왔기 때문이리라. 구걸

하고 달라고 하고 요청하며 내 허기를 챙기기에 급급해 옹졸하고 인색한 사람으로 살아온 것이 보였다. 내 안에 계속 거지 한 명을 키우고 같이했던 것이 아닐까 생각해 본다. "내 곳간이 텅텅 비었는데 내 살 깎아서 다른 사람에게 줄 수 없다."라는 말처럼 우리 각자 부자가 되어 꽉 찬 곳간의 양식을 두루두루 나눠 주고 풍요로운 삶을 살아가는 모두가 되기를 두 손 모아 기도합니다.

2021. 8. 3.

판단과 해석은 내가 누군가를
통제하려는 의도

(판단과 해석, 통제와 지배, 자기와의 게임)

● **통제하다, 통제를 피하다.**

'사람들을 판단, 해석함으로써 지배하려 한다.'

맞다, 옳다. 틀리다, 그르다.

지배하다, 지배를 피하다.

● **자기와 게임을 하다.**

'이기고 지는 게임을 하다.'

예로 나는 "소심해."라고 말하고 소심한 에너지를 끌어들인다.

그리고 그 게임 속에서 이기거나 졌다며 자기 합리화를 한다.

이기다, 지다.

자기 합리화, 책임 회피.

▶ **나를 성찰하고 왜곡되어 있는 나로부터 세상으로 나와라!**

상대가 바뀌기를 바라지 말며 내가 바뀌어야 상대와 세상이 바뀐다.

『에고라는 적』 中

대인 관계에서 가장 취약했던 '나', 공감 없는 '여자'에서 '너'를 공감하는 '여자'가 되기까지 마음, 여유의 중요성을 느끼는 기적의 5시 방 시간(여유 있는 선택)

내 마음속에 여유가 생긴 것일까? 같은 상황 속에서 자극과 반응에 공간이 생긴 여유일까?

자극을 통해 고민(긍정 or 부정), 많은 생각이 오가며 사실 하나만 보자는 긍정적인 선택과 그 자극을 통해 나와 상대의 이면을 보고 자기반성과 성찰로 연결하는 모습이 보여 반가웠다. 그간 보고, 듣고, 말하고 했던 것들이 이미 내 몸 안에 조금씩 흡수되어 젖어 있었다는 것을 느끼며 감격의 눈물이 맺힌다.

각박한 삶 속에서 우리는 한 치의 여유를 주려 하지 않으며 바쁘고 빠듯한 일상에서 하루하루를 산다.

오늘 기적의 5시 방에서 만난 사람들, 반가운 얼굴과 목소리, 대화를 통해 나에게 변화가 없다고 느꼈으나 "가랑비에 옷 젖는다."라는 말을 체험한 좋은 경험을 공유하며 기분 좋은 대화의 시간이었다.

어느 책에서 "내가 무엇을 하고 싶은지 결정하는 것보다 어떤 사람이 되고 싶은지를 결정하는 것이 더 낫다."라는 글귀를 보았다.

누군가의 기여, 헌신이 있기에 내가 존재하듯 가치 있는 사람으로 가치 있는 삶을 살고 싶다.

사회에서 '나 하나쯤이야.'라는 생각이 아닌 '나 하나부터라도.'라는 생각과 마음가짐으로 내가 살면서 누군가에게 받은 헌신을 내 아래 세대에게 흘려보낼 수 있도록 오늘 아침 새롭게 설정하며 남은 앞으로의 인생을 가치 있는 삶으로 산다.

자기반성과 성찰, 반복되는 '손해 봤다' 센서와 매 상황에서 결국 내가 '가해자'라는 사실

● **잘못한 일 하나**

GS 편의점 어린 학생에게 교통 카드 제대로 등록 안 하고 3~4번 왔다 갔다 하게 했다는 생각에 다그치고 뭐라 한 건 내가 손해 봤다는 필터가 작동해서 또는 내 소중한 시간이 낭비되었다는 피해 센서가 작동했음을 반성한다. 내가 그 자리에서 제대로 확인하고 설명서를 읽어 본 후 바로 대응했으면 2~3번 반복해서 갈 일이 없었을 텐데…. 나 자신에게 나오는 그 한탄과 짜증과 열 받음을 상대에게 쏘아붙이는 모습을 발견한다.

결국 난 손해 본 것이 없고 시간도 낭비된 것이 없는 가해자였다는 것을 깨닫는다.

"겸손하라, 존중하라, 신뢰하라."

2021. 8. 10.

당신의 삶을 퇴보하게 하는 상황이나 사람들에게서 떨어져라, 그것이 가족이라면 되도록 덜 붙어 있어라(매일의 반성)

● 잘못한 일 하나

작년 이맘때쯤 쉬고 싶고 아이들과 함께하는 시간이 행복하고 즐거워 그 순간과 시간들을 즐기며 살고 있을 때 친정엄마의 말 한마디, "아이들 크면서 돈 들어갈 때 많다. 벌어서 치다꺼리해야지." 늘 전화해서 하시던 말씀이다. 작년은 오랜만에 여유라는 시간을 나에게 선물한 한 해였고 그 순간순간이 소중하고 감사했다. 아이들과 함께함에 감사했다. 하지만 같이 있으면서 각자의 맡은 일이 있듯이 목표가 생기고 또 아이들에게 잔소리만 하면서 같이 붙어 있을 거면 나가서 그 에너지를 쏟아야 한다는 말에도 공감이 되었다. 코로나19가 언제 끝날지 모르고 머리에서 새치가 계속 자라면서 느끼는 노화라는 놈…. '한살이라도 어릴 때, 일할 수 있는 능력과 에너지가 있을 때 하자!'라는 마음으로 일을 시작한 지 얼마 안 되어 친정엄마가 걱정 어린 말투로 "어린아이들 집에 그냥 두면 위험하지 않냐?" 하는 말에 버럭 화가 났다. 어쩌란 말인가? 청개구리인가? 우산, 부채 장수 자식을 둔 부모가 매일 근심 걱정을 하듯 일 안 하면 안 하는 대로 하면 하는 대로 걱정 근심을 내게 쏟아붓는 것 같아 아쉽다.

나 포함 모든 사람이 이렇게 살아가고 있구나! 긍정을 바라보며 긍정적인 삶을 살아야 한다. 하지만 걱정한답시고 잔소리를 하거나 꼰대처럼 굴고 있는 건 아닐까?

동일한 상황에 엄마의 말에 공감하면서 어린아이들을 집에 그냥 두면 위험하다는 말이 맞지 않은가? 그 상황을 내가 더 잘 알면서도 이럴 수밖에 없는 내 상황과 어쩔 수 없이 일을 나가야 하는 현실을 부정할 수 없다. 누구보다도 더 애틋하고 보고 싶고 안타까운 나에게 왔다 갔다 자기 기분에 따라 말씀하시는 친정엄마를 쉽게 공감하며 이해하고 싶지 않았다. 본인은 걱정된다며 말씀하시지만, 그 말이 더 나를 걱정하게 만든다. 마음을 더 무겁게 한다. 내가 바뀌지 않으면 부모, 형제 그 누구도 변화하지 않는다. 그들은 그냥 그대로이다. 내가 어떻게 해석하고 어떻게 긍정 에너지를 선택해 받을 것인지 나의 수용의 변화가 필요하다. 순간 화가 났고 짜증이 났지만 부모는 그냥 하는 말이라는 거다. 너무 깊게 듣고 열 받지 않기를…. 그런 말을 본인 스스로 애정과 관심이라 생각할지도…. 뒤집어서 상대의 입장에서 생각해 볼 필요도 있다.

"겸손하라, 존중하라, 신뢰하라."

1. 나 자신처럼 소중히 여기는 것(겸손=존중)
   '그 사람 자체를 인정해 주다.'
2. 우쭐대는 대신 감사하는 마음 갖는다(겸손).
   누군가에게 상처를 주었다면, 즉시 사과하고 용서를 구하세요.
   필요하면 그에 대해 배상을 하세요.

2021. 8. 11.

우는 아이에게 다그치고 화내고 무서운 말투를 쓰고 무서운 표정을 지으면 아이들을 더 불안하게 만든다(아이가 우는 이유)

● 잘못한 일 하나

우는 아이에게 그만 울라며 다그치고 무서운 말투로 대한 나를 반성한다.

눈물이 나고 불안한 마음을 알아주고 편안하게 해 줘야 안정된 마음으로 학교를 잘 다녀올 수 있는데 마음이 불안한 아이에게 다그치거나 무서운 눈빛, 말투는 역효과를 준다.

나도 부드럽고 상냥하게 상대를 편안하게 할 수 있을까?

우는 이유는 '저 지금 불안해요. 무서워요.'인데 거기에 무서운 말투, 표정은 더 공포를 조성한다.

매일 등굣길에 우는 아이에게 괜찮은 거라며 다독이고 안정된 마음을 갖도록 충분한 대화와 이해, 인내가 필요하다. 너는 지금 잘하고 있고 정말 괜찮은 사람이라는 긍정적인 말들로 시작한다면 이 아이들이 커서 두려움과 불안에 맞닥뜨렸을 때 스스로 위로할 줄 알며 괜찮고 괜찮고 괜찮고를 외치며…. 스스로 다시 일어설 수 있는 재생 능력이 생긴다는 것. 우리 모두는 각자 소중한 존재로 태어났다. 다양한 감정

속, 세상 속에서 혼란스럽고 두려운, 일어나지도 않은 그 무엇을 생각했을 때의 공포는 어른도 견디기 힘들다.

이제 막 8살인 어린아이기에 더 크게 공감해 주고 이해해 줄 수 있기를 바란다.

부모는 크십니다. 자식은 작습니다. 인간 그 자체를 존중하며 겸손한 자세로 어른, 아이 남녀노소 가리지 않고 대할 때 협업의 세 가지 기둥인 겸손, 존중, 신뢰의 기술을 얻을 수 있으리라.

"겸손하라, 존중하라, 신뢰하라."

피해 의식의 심리학 〉 열등한 지위

<트레이닝>

당신은 자신이 고집스럽고 공격적이라고 생각하는가, 아니면 무기력하고 체념적이라고 생각하는가?

두 형태가 번갈아 나타날 수도 있다. 당신에게는 어떤 경향이 더 강하게 나타나는지 판단해 보라.

당신이 고집스럽고 공격적인 태도를 더 많이 보인다면,

- 당신은 무엇에 대해 저항하는가? '내가 옳다며 나를 먼저 생각하는 저항'
- 이기기 위해 어떤 수단을 사용하는가? '심술과 심통을 부린다.'
- 어떤 이유를 들어 당신의 공격을 정당화하는가? '나를 보호하기 위한 방어라는 생각'
- 당신의 태도가 인간관계에 어떤 영향을 미친다고 생각하는가? '고립된 사람, 답답하고 말이 안 통하는 사람'

각자 표현 방식이 다를 뿐 이쁨을 받고 싶은 마음은 같다, 가족과 분리 작업이 필요할 때, 가족이 남보다 더 힘들 때

누군가와의 트러블이 생긴다는 건 그 모습이 내 안에 있기 때문에 거북하고 신경이 쓰인다. 누군가 내가 말할 때마다 딴지를 걸고 말대꾸를 한다는 신경전을 잠시 내려놓고 그 아이는 나에게 더 관심받고 이쁨받고 인정받고 싶다는…. 내가 보는 관점의 필터를 새롭게 끼고 새로운 관점의 필터로 바라보니….

각자 자기만의 표현 방법이 다를 뿐, "나와 너 연결되고 싶어 한다." 라는 메시지였구나! "나 여기 있어요! 알아봐 주세요!"라는 메시지를 나한테 보냈고 그에 대답하면 되었다. 사람들은 매 순간 사람들과 연결되고 싶어 한다. 누군가의 관심과 호응을 받기를 매 순간 요청하고 있다는 사실을 알게 되면서 이제부터라도 바로 적용해, 더 호응해 주고 관심을 줘야겠다고 재설정한다. 사람들은 외로움을 싫어한다.

내가 계속 연결되고 싶었던 가족과의 분리 작업도 나를 성장시키는 계기였다는 것.

"당신의 삶을 퇴보하게 하는 상황이나 사람들에게서 떨어져라. 그것이 가족이라면 되도록 덜 붙어 있어라!" 친언니에게는 내가 짐처럼 무거운 존재였을지도…. 그래서 어쩌면 사랑한다는 전제하에 뒤편에서 언니를 이용하고 있었던 건 아닐까? 내가 필요한 부분만 쏙쏙 빼먹고 내가 필요할 때만 찾는 사람…. 언니 곳간에 양식이 없을 때도 자기 살을 깎아서 나에게 줘야 했던 언니의 마음을…. 처음에는 언니의 매몰 찬 반응과 표현이 낯설고 남보다 못하다는 아쉬움과 섭섭함이 들었다. 그렇게 몇 년이 흐른 지금 생각해 보면 자유롭게 어딘가에 얽매이지 말고 더 강해지라는 언니의 큰 배려와 요청에 깊이 고마움을 느낀다.

내 안의 에고 그리고 좋은 에너지의 파장

내 에너지를 나의 소중한 사람들에게 쓸 것인가?

아니면 소중하지 않은 사람에게 온 에너지를 쓰고 있느라 바쁘게 보내고 있지는 않은가?

또 에고의 편을 들어주어 에고가 시키는 대로 할 것인가?

아니면 내가 움직이는 대로 에고를 따라오게 할 것인가?

에고가 주인이 아닌 내가 주인이라는 점을 보여 주어라. 영향력을 상실한 그 목소리는 결국 잠잠해질 것이다.

2021. 8. 19.
고마움을 받을 수 있는
센서가 있다는 것에 감사!

고마움을 고마워할 줄 모르며 경계하고 공격적인 성향을 보였던 내면의 나를 되돌아보았다.

누군가의 선행을 있는 그대로 받지 못해 항상 의심하고 매번 경계하고 살피는 모습에서 좋은 인연이 떠나고 난 후에 아쉬움과 그리움이 맴돌았다. 이런 고마웠던 사람들에게 내가 할 수 있는 건 그들이 주려는 사랑과 배려 그리고 관심을 있는 그대로 받으며 고마움과 감사함을 적극적으로 표현하면 되었다.

또 새롭게 나에게 다가올 좋은 인연들을 위해 지금부터 사랑과 고마움이 충만한 센서를 마구마구 작동시켜 풍성한 관계를 유지하도록 재설정한다. 오늘 하루도 모두 좋은 센서 마구마구 날리시고 마구마구 많이 받으시길 기원합니다. 행복한 하루 보내세요.♡

불편함이 이제 불편하지 않다 (불편한 마음, 감정)

우리가 기적의 5시 방에서 자주 대화했던 내용 중 자기 성찰, 자기반성으로 가져가기!

사람들 속에서 혼자만 살아갈 수 없는 우리이기에 많은 관계 속에서 연결되고 싶어 하고 유지하며 살아가야만 하는 존재들…. 우리는 매번 반복되는 생각, 말, 행동 등 다양한 실수를 되풀이하며 하루하루 알아차림으로 성장해 가는 모습을 발견하게 된다. 내 경우 내가 보는 상대가 고약해 보인다면 내가 고약한 것이고 상대가 답답해 보이면 내가 답답한 것이며 또 상대가 착한 척, 선한 척을 한다고 보이면 내가 그러고 있다는 걸 느낀다. 그래서 자극이 오고 반응이 보이며 불편한 것은 아닐지? 나 포함 우리는 내면에서 찾기보다 외부에서 무언가를 찾고 갈구한다.

정작 내면에 내재되어 있음을 알아차리지 못하는 것은 아닐까? '파랑새를 찾으러 365일 여행을 다닌다.' 아무리 외부에서 찾으려 애써도 내부에서 해결이 안 되면 아무 소용이 없다는 것이다. 결국 '파랑새는 내 집에 있다.' 멀리 가느라 정작 내 한 치 앞도 살피지 못하고 있는 나, 그리고 엉뚱한 곳에서 갈구하며 에너지를 쏟고 있음을 발견한다. 예로 집에서

형제, 가족끼리 사이가 서먹한데 밖에서 만난 사람들과는 돈독한 관계를 유지하기 위해 착한 사람 코스프레를 하거나 좋은 인상을 주고 인맥을 쌓으려고 부단히 노력한다.

다 부질없는 일이라는 것을 모른 채….

그렇게 계속 시간을 보내고 있지는 않은지? 내 안의 나와 끊임없는 소통이 이루어지고 집안이 화목하면 밖의 일들도 순조롭게 연결되어 잘 풀린다는 것. '가화만사성'

2021. 8. 26.
당시에는 최선의 방법이었던 과거의 선택으로 자신을 비난할 이유는 없는 것!

나를 먼저 용서하고 회개한 후 회복되는 마음을 볼 때 편안하게 다른 사람을 보게 되며, 나 자신이 나에게 비난한 모든 소리가 점점 사라짐을 느낀다. 원인과 결과는 나로부터 탄생하며 나로부터 회복되어 나로부터 세상에 나타나는 이 현상들이 신기하고 경이롭기까지 하다.

또 오늘 대화 속에서 난 가해자라는 사실을 깨닫고 피해자의 입장을 충분히 헤아려 주면 내가 듣고 싶어 하는 말들을 듣는다는 사실 또한 알게 되었다. 피해자 입장에서 누군가를 비난하고 조롱하며 기분 나빠 했던 나를 되돌아보며 반성하는 시간이었습니다. 좋은 시간 함께해 주셔서 감사합니다.

2021. 8. 28.

내 이슈에 빠지다&몸을 써야
에너지가 돈다!

입버릇처럼 사람들 입에 오르내리는 말, "힘 빠진다.", "진 빠진다."
나 스스로가 진 빠지고 힘 빠지는 일을 만들고 자책하고 있는 것은 아닌지 되돌아본다.

내 머릿속에서 바쁘게 움직이는 판단과 평가, 해석들로 불필요한 에너지를 소모하고 있지는 않은지?

매일 산책하며 몸을 움직이고 조깅, 달리기를 하다가 안 하고 집에만 가만히 있으면 어느새 몸이 더 아파짐을 느낀다. 몸을 털고 순환시키며 긴장, 스트레스를 날린다면 그때야 비로소 몸 전체에 에너지가 돈다. 그동안 난 반대로 생각하며 살았다. '에너지가 부족하니 오늘은 몸 움직임과 활동을 줄여야지.' 하며…. 오히려 덜 움직이며 가만히 집에서 시체 놀이하듯이 누워만 있었다. 결국 허리만 아픈…. 온몸의 에너지도 순회하여야 더 좋은 풍성한 에너지가 내 몸 전체에 퍼진다는 사실을 새롭게 깨닫는 아침이었습니다.

고맙고 감사합니다. 사랑합니다.♡

우리는 날씨를 통제할 수 없다

(내 마음을 내가 알 수 없는데 다른 사람의 마음을
통제하려 하다니)! **수용, 모두의 평안♡**

20년 동안 같이 살아온 내 부모, 형제, 자식을 통제하려는 마음을
내려놓아야 한다.

40년 동안 함께한 나 자신도 잘 모를 때가 있다. 내 마음도 잘 모르
는 내가 다른 누구의 마음을 통제하고 흔들려 하다니…. 참으로 어리
석구나!

있는 그대로 현상을 받아들이려 하지 않으며 수용하지 않는다.

내 관점에서 지적하고 바꾸려 한다. 결국 바꿔야 할 대상은 상대가
아닌 나인데 말이다.

이 세상은 나 혼자인 것 같지만 이 세상과 연결되어 있는 우리는 하
나이고 같이 살아가야 하는 물과 같다.

물이 흐르는 대로 흘러가야 하지 않을까? 거슬러 올라간다고 물줄
기가 역으로 흘러갈 리 만무하다.

우리 한 명 한 명 작은 방울이 모여 시냇가가 형성되고 시냇물이 모
여 바다를 형성하듯 내가 소중하듯이 다른 사람의 소중함을 일깨워 주
는 시간이었다.

에고는 "나 혼자만 특별해, 소중해."라고 속삭이지만 우리 모두는

소중하며 존중받기를 원한다. 성경 구절에서도 내가 존중받기를 바라고 원하면 다른 이를 나처럼 소중히 대하라는 구절이 있다. 이 구절이 몸속에서 울려 퍼진다. 1인 기업가 중 완벽주의 성격의 사업가는 자기 혼자 일을 다 하고 힘들어 지쳐 쓰러진다. 진정한 관리자의 역할이 무엇인지? 나 혼자만 잘하는 것이 아닌 함께하는 사람들의 협업이 필요함을 느낀다. 성공한 사람들의 협업의 세 가지 기둥! 겸손, 존중, 신뢰! 경쟁에서의 독점은 고인 물에 불과하다. 결국 독식으로 썩은 물이 되어 버린다. 나로 인해 누군가의 삶이 윤택해지고 안정화되는 삶을 설계하고 만들 수 있을까? 다 함께 맑고 깨끗한 물로 흘러 저 큰 태평양으로 넓고 깊게 퍼져 나갈 수 없을까? 큰 꿈과 원대한 소망을 가지며 오늘 하루도 모두 평안하시기를 기원합니다.

2021. 9. 4.

삶은 선택의 반복

오늘 피해 의식의 심리학 관련 책 「새로운 시각으로 자신을 존중하기」 파트에서 내 눈에 띄는 구절이 있었다.

"외부의 변화가 내면의 변화를 대신할 수 없다." 사람들은 자신의 결핍, 외로움, 부족함, 공허함, 허기 등 채워지지 않는 마음을 내면이 아닌 외부에서 찾고 있는 것을 발견한다.

자기 성찰을 하며 자기반성과 깨달음으로 내면의 대화를 매일 반복적으로 하다 보면 정말 필요한 것이 무엇인지, 어떻게 살아갈 것인지 길이 보인다. 내가 좋아하는 글귀 하나, "내가 무엇을 하고 싶은지 결정하는 것보다 어떤 사람이 되고 싶은지를 결정하는 것이 더 낫다."라는 말처럼 나는 어떤 사람으로 세상에 남을 수 있을까? 매일 반복되는 나의 선택 시점에서 부정적인 짜증을 선택하면 후회와 자기반성이 반복된다.

반면 긍정적인 선택을 한 하루는 보람 있고 뿌듯하며 기쁘다. 부정이 꼭 부정적이지만은 않다는 것을 피해 의식의 심리학 관련 책을 통해 깨닫는다. 삶에는 이면이 있어 부정이든 긍정이든 "한쪽은 나빠, 한쪽은 좋아."라고 단정 지어서도 안 된다.

그냥 부정은 부정대로 좋고 긍정은 긍정이어서 좋은 거다. 세상만사 좋고 싫음을 선을 그어 놓고 네 땅 내 땅처럼 단정할 수 있는 것이 1도 없구나! 이 깨달음을 주신 5시 방 반가운 얼굴들···. 소중한 시간 함께해 주셔서 너무 고맙고 감사합니다.

사람들은 각자 대화의 방식이 다르다

예로 싸우려고 사전에 준비하고 덤비는 사람에게 무조건 온화하며 평화롭게 대할 수 없다.

그들의 대화는 싸우는 말투와 전투적인 체세이다. 그들과 대화하려면 같은 체세로 대화할 수밖에 없지 않은가? 콜센터 여직원도 같은 마음 아니었을까? 쓰레기 같은 인간들에게 내가 왜 그렇게까지 기어야 하는지? 그렇게 하고 싶지 않을 것이다.

자기가 흉보고 화내는 건 다 자기도 그러고 있다는 것 아닐까? 자기 핀트에 꽂혀서 열변을 토해 내고 있는 고객과 콜센터 여직원에게 난 어떤 도움을 줄 수 있을까? 그녀가 쏘아붙이는 말을 계속하도록 허용하고 있는 우리도 나쁘다. 그러면 안 된다는 것을 알면서도 그냥 받아주며 정당화하고 넘어가는 모습은 내 몸 사리겠다고 싫은 소리 안 하고 있는 건 아닐지? 회사는 누구를 위해서가 아닌 각자 자기 시간, 공간에 누군가로부터 피해 안 받고 존중받으며 안정된 직장 생활을 꿈꾼다. 그런 공간과 환경에 머물 수 있도록 모두가 협력하고 배려하는 조직이 되어야 함을 느낀다.

2021. 9. 7.

에고라는 적에서 '에고는 고집부리는 것', 문제를 문제로 삼지 않는다

'에고는 고집부리는 것'

우주의 원리를 받아들이는 것! 내 고집을 부리기보다 상황에 수긍하며 순리대로 한다.

수많은 영혼이 지구에서 진화되고 있다(진화: 새로운 경험, 큰 흐름의 일부분)

현실→신

신을 수용하다(선택은 '나').

우주는 현실 세계를 통해 두 가지 메시지를 내포한다.

같은 상황에서도 매번 반복되는 이면을 바라볼 수 있도록 한다.

2021. 9. 9.

삶의 이면을 보다, '부정 〈 〉 긍정'

충남 공주에서 유아 시절을 보낸 나, 어린 시절 친할머니는 나를 사랑했다. 나만 예뻐하시고 나만 사랑받았어!

〈이면〉 친할머니도 살길을 찾기 위해 엄마와 함께할 수밖에 없었다. 친할머니가 갈 곳이 없어 신혼집 단칸방에서 지내야 했을 때 엄마는 얼마나 답답하고 힘들었을지…. 그래서였을까? 돌도 안 된 나를 친할머니에게 맡기고 힘겹게 돈 벌러 나가는 행동…. 내 삶의 패턴도 비슷했다. 친할머니는 경제 활동을 어떻게 해야 하는지 몰랐고 그냥 집에만 계시는 것이 다였다. 그래서 난 친할머니가 온전히 나만 바라보며 나만 사랑했다는 생각에 빠져 있음을 발견한다.

단, 내 고집을 그대로 받아 주고 잔소리 1도 안 하시니 내가 하고 싶은 대로 버릇없음, 방자함, 제멋대로 구는 것이 몸에 배어 있었음을 되돌아본다.

초등학교 1학년 때 전북 정읍으로 전학을 갔다. 여자를 등한시한 외할머니는 무섭고, 험상궂고, 사납다는 기억으로 남아 있다.

〈이면〉 말과 행동이 거친 거 빼고는 먹여 주고, 입혀 주고, 씻겨 주고, 농사지어 장에서 팔아 살림에 보태 주시고, 생활력이 강한 외할머니의 헌신이 크셨다.

그동안 나는 세상을 끌어안고 가지고 가고 싶은 것만, 취하고 싶은 것만 부여잡고 있었음을 볼 수 있는 너무나 귀하고 소중한 시간이었습니다. 오늘의 HJ 언니의 기여와 대화가 없었다면 평생 죽을 때까지 친할머니는 좋은 분, 외할머니는 나쁜 분으로 내 기억 속 존재로 남아서 나 혼자 판단, 해석, 판결 낸 삶을 살 뻔했습니다. 외할머니가 얼마나 섭섭했을지 죄송하고 미안한 마음만 듭니다. 사랑한다는 말조차도 하지 않았던 저를 반성하면서 마음속 깊이 고마움과 감사함을 전합니다.

오늘 하루도 행복하고 좋은 하루 보내세요!

2021. 9. 14.

듣고 공간 열기(지적질, 비난이 아닌 잘할 수 있는 방법을 알려 준다, 설정!), **관찰자로 바라보다**(숲을 보다)

1. 듣고 공간 열기

부모 입장에서 아이와의 대화 시 혼내는 것이 아닌 아이가 잘할 수 있는 방법을 알려 준다고 말한다.

듣는 아이 입장에서 자기를 혼내려 하는 것이 아닌 알려 준다고 받아들인다면 부모의 말을 듣게 되는 사례이다.

직장, 사회생활에서 동료 상사와의 대화 시 나를 지적질, 비난한다고 듣는 것이 아닌 나에게 해결책을 제시하면서 알려 준다고 듣는다.

처음 접근하기 어려운 상대의 경우 내 의도를 정확하게 표현하며 오해를 불러들이지 않는 범위에서 "뭐라고 하면 속상하잖아!"라며 살며시 말을 전달한다.→이는 개인과 개인의 작은 갈등에서 벗어나 서로 간의 협력, 협업이 이루어지는 파트너십으로 윈윈할 수 있다.

2. 관찰자로 삶을 바라보다.

삶을 살아갈 때 피해자 입장에서 나무로만 보는 것이 아닌 관찰자 입장에서 숲을 볼 수 있는 지혜가 필요하다. 내가 지금 나무 하나하나 신경 쓰고 있지 않은지? 전체 숲을 봤을 때 나무 하나는 아주 작은 한 그루에 불과한 것과 같이 인생이라는 삶도 지금 당장 힘들고 어렵다고 생각되지만 출생부터 사망까지 인생 전체를 두고 볼 때 한 그루의 나무를 부여잡고 씨름하며 힘들어했던 그 순간들이 차곡차곡 쌓여 전체 숲을 이루었다는 것을 깨닫게 되지 않을까? 지금 나는 하루하루 한 그루의 나무를 마음속에 심고 있다. 점차 큰 숲을 이룰 것을 믿으며 넓고 큰 시야로 세상을 바라볼 수 있는 힘이 생기기를 기원합니다.

피해 의식의 심리학 정리
(외부, 내부에서 찾다, 당신의 선택은?)

1. 피해 의식

피해 의식을 가진 사람의 눈으로 바라보면 문제의 해결책은 언제나 당연하게 자신의 외부에 있다.

한번 외부에서 찾기 시작하면 자기 내면을 들여다보는 일은 불가능해진다.

2. 가해자

그동안 외부에서만 찾던 피해 의식을 버리고 내부에서 찾아 나로부터 다른 이들이 피해를 보았다는 사실을 알게 된 순간 세상의 가해자는 내가 된다. 나로부터 모든 이가 피해를 보았고 나를 견뎌 주고 지켜봐 준 모든 이에게 고마워질 뿐이다.

3. 의도치 않은 가해자

생각지도 않은 내 생각, 말, 행동으로 누군가에게 가해자가 되었다면 뒤집어 나 또한 누군가의 의도하지 않은 말, 행동에 상처받고 있지는 않은지 되돌아본다.

세상을 살아가다 보면 우리 모두는 의도하지 않게 습관적으로 내뱉은 말, 행동으로 상처받고 상처 주고 있음을 깨닫는다. 그것이 본심이든 본심이 아니든 의도적이든 의도적이지 않든 도입 단계인 피해 의식의 주체인 나에서 가해자인 나로 또 의도치 않은 가해자, 의도하지 않은 피해자로서 얽히고설키어 살아가고 있음을 의식하는 순간 엉켜 있던 실 고리가 하나씩 풀려 가는 느낌을 받는다.

그동안 풀리지 않았던, 엉켜 있던 실 고리들이 의식의 변화에 의해 정리됨에 고맙고 감사합니다.

모두 각자의 입장에서 먼저 나를 보호하기 위해 피해 의식을 먼저 선택할 수밖에 없는 현실과 지금의 이『피해 의식의 심리학』이라는 좋은 책과 정보를 통해 보다 나은 한층 더 풍요롭고 행복한 삶을 영위할 수 있는 날을 꿈꾸며 한 걸음 한 걸음 앞뒤 양옆을 보면서 나아가 보려 합니다. 모두 좋은 하루 보내세요!

2021. 9. 25.

기적의 5시 방 or 5시 기적의 방의
고, 스톱(고&스톱)

내 삶에서 할까 말까 고민하는 일들이 있을 때 이 질문들을 사용하면 정리하기가 쉽다.

기적의 5시 방

1. 출석하면 얻는 것

2. 출석하면 잃는 것

3. 결석하면 얻는 것

4. 결석하면 잃는 것

기적의 5시 방에 참석하면서 내 삶에서 얻은 변화들 '고, 스톱(고&스톱: 기적의 5시 방 or 5시 기적의 방)'

1. 출석하면 얻는 것

(기적의 5시 방에 참석하면서 내 삶에서 얻은 변화들 포함)

무궁무진하게 많다. 그걸 다 어떻게 말과 글로 적을 수 있을까? 내 블로그에 올린 글들이 증명한다.

출석한 날은 깨우침과 깨달음의 폭발로 세상의 이면과 통찰을 깨우치는 귀하고 소중한 시간이 된다.

또한 살면서 "뭣이 중헌디."라는 말을 일깨워 주는 시간이다.

처음 시작하는 마음, 자세로 임하게 된다. 난 처음부터 지금의 내가 아니었듯이 함께한 기적의 5시 방 식구들이 있었기에, 묵묵히 지켜보고 들어 주고 공유하는 따뜻하고 포근한 엄마 같은 마음이 함께했기에 가능했다고 생각한다. 심지어 난 부모이자 두 아이의 엄마인데도 불구하고 이 방에서는 천방지축 어디로 튈지 모르는 철부지 어린아이처럼 까발리고 개운함을 느꼈다. 쪽팔리고 숨고 싶기도 했지만 살면서 내가 어디에서 이렇게 대범하게 속내를 꺼내서 아무렇지 않게 자기 성찰을 하고 이면을 보는 대단한 통찰, 깨달음을 얻을 수 있을까? 나를 드러내는 것은 엄청난 용기가 필요하다. 이면은 바닥에 있는 나를 꺼내서 더 깊이 관찰할 수 있고 내면 깊숙한 나를 알기에 외부에서 찾던 내가 내부에서의 깊은 성찰로 세상과 연결 고리를 좀 더 편안하게 접근할 수 있는 매개체가 되었다.

2. 출석하면 잃는 것

자만심, 거만함, 이기적인 생각, 이기적인 행동, 고집부리기, 고약한 생각, 고약한 마음, 못돼 먹은 생각, 나만 특별하다는 생각, 난 대단해, 내 시간만 소중해, 나만 희생해, 나만 고달파, 나만 힘들어, 나만 외로워, 나만 아파, 나만 약해, 나만 건강이 안 좋아, 나만 시련을 받았어, 나만 왜 희생해야 해. 피해 의식을 잃는다.

3. 결석하면 얻는 것

새벽 기상이 습관이 되어 버린 지금 혼자 일어나 자기반성과 성찰을 짧게 글로 남기고 결석해서 얻는 것은 없는 것 같습니다. 초반에 새벽 기상이 어려웠을 때 그 짧은 10분, 15분의 단잠? 꿀잠? 이런 거 아니면 휴식? 자기만의 휴식 시간 등 그런 것 말고는 딱히 없습니다!

4. 결석하면 잃는 것

너무 많네요. 매일의 규칙적인 패턴이 무너지고, 게을러지고, 자기합리화의 시작과 연속이 됩니다.

내 머릿속에서 날뛰는 생각들을 주체하지 못하고 뛰는 원숭이들을 통제하지 못한 채 그냥 그렇게 생각 속에 잠겨 살겠죠. 아마 그 통제와 중재를 이끌어 주신 방장이 우직하게 버텨 주시고 계셨기에 지금까지 온 것이 아닌지요? 무언가를 시작할 때는 중도에 포기하고 흐지부지하는 일이 많다는 것과 그것을 끝까지 10년 이상 끌고 갈 수 있는 인내와 끈기는 너무도 쉽지 않기에…. 자신과의 타협 또는 내가 지금 어떤 선택을 하느냐가 내가 처음 시도한 의도와 처음 마음가짐으로 돌아가기란 모든 사람에게는 쉽지 않을 테니 누구를 욕하고 탓할 필요 없습니다. 단 그들의 선택과 행동을 바라보고 지켜보면서 존중할 뿐이죠. 내가 지금까지 해 온 모든 생각과 행동은 누군가를 위해서가 아닌 나를 위해서는 아닌지 이면을 보게 됩니다.

개인적인 느낌은 '스톱'▶새벽 5시 방에 참석의 기억으로만 남기는 것이 아닌 '고'▶기적의 5시 방, 기적을 일으키는 기적의 방으로 기억하고 싶습니다.

반성과 깨달음의 반복과 연속

(같은 시간 기분 좋게 보낼 수 있을까?)

● **잘한 일 하나**

분갈이로 화분이 무럭무럭 예쁘게 잘 자라 감을 볼 수 있고 뿌듯함에 감사, 감사, 감사!

● **잘못한 일 하나**

화를 자초하고 짜증을 자초하고 있는 건 아닌지?

내가 잔소리 듣기 싫듯이 내 아이도 그렇다는 것. 공부는 누구를 위해서 하는 것인지 대화로 충분히 이해시킬 수 있을까?

집 근처 소아청소년과에서 백신 1차 접종하면서 신분증을 가져오지 않아 또 번거롭게 집에 다녀와야 한다는 생각을 먼저 하면서 접수원에게 간접적인 짜증과 불만을 토해 내고 있던 나를 반성한다. 매번 이런 식으로 상대를 짓밟고 있는 나를 발견한다. 이제는 직접적인 공격이 아닌 간접적으로 하고 있다는 것. 꼭 그래야만 직성이 풀리는 것일까? 집에서 5분 거리인데 또다시 다녀오면 어떤가? 무엇이 그토록 짜증과 화를 끌어들이면서 나를 힘들게 하고 있는 걸까? 시간? 내가 아끼는 시간? 막상 집에서 흘려보내는 시간은 뭔가? 매 순간 내가 손해 본다는 막연한 생각에 사로잡혀 살고 있구나. 언제쯤 이 생각에서 벗어날 수 있을까?

※ 매일의 지침

1. 현상은 하나, 생각은 무한! 내 생각 속에 빠져 있는 것이 아닌 현상 하나만 보며 행할 수 있기를 바란다. 어차피 하는 일, 해야 할 일을 할 때 즐거운 에너지를 끌어들이도록 한다.
2. 어떤 일을 (감당하여) 해낼 수 있는 힘, '역량', 능력!

2021. 10. 1.

신이 원하는 것&부정 생각
포기&나르시시스트

반가운 얼굴들과 다양한 주제로 대화하며 느끼는 것 중 하나,

신은 우리 모두의 생각, 감정, 행동, 모습들이 행복하기를 원하신다.

오늘 반가운 YH와의 대화 속에서 포기는 나를 행복하지 않게 만드는 생각을 포기하게 하므로 내가 더 행복해질 수 있고 더욱 나은 삶의 선택을 할 수 있음을 느꼈다.

사람들이 쉽게 접할 수 있는 긍정, 부정이라는 두 단어를 두고 꼭 말을 해야 한다면 내 에너지를 갉아먹는 건 부정, 나를 행복하게 하고 에너지를 끌어올려 주는 건 긍정이라 봤을 때 조직에서도 뒷말은 누군가를 깎아내리고 밝은 느낌과 부정적인 에너지 파장이 크다면 그곳에서까지 긍정 에너지를 바랄 수 없다. 굳이 각을 세우며 나오기보다 그냥 아무렇지 않게 험담하는 곳에서 그냥 아무렇지 않게 빠지면 된다는 것도 비둘기가 구구구 우는 것에 다 반응 보이며 에너지 쏟지 말고 그냥 그렇게 지나쳐도 괜찮다.

내가 나르시시스트라고 봤을 때 대표적인 성향을 정리하면 다음과 같다.

1. 타인의 의견을 너무 자주 묵살하고 탈취하기

2. 조직원들 사기가 떨어지며 조직 자체에서 서로에 의해 문제가 가려
   지게 될 확률이 높다.
3. 문제 해결을 위한 소통이 힘들어 협력을 할 수 없다.

   그동안 조직 생활을 하면서 해당 문제들이 있지는 않았는지 나를
되돌아봤다.

1. 책임: 맡아서 해야 할 임무나 의무, 어떤 일에 관련되어 그 결과에
   대하여 지는 의무나 부담.
2. 책임감: 맡아서 해야 할 임무나 의무를 중히 여기는 마음.

2021. 10. 5.
마음 갈증

   내 안의 내가 텅 비어 있다면 타인으로부터 끊임없는 관심과 사랑
을 갈구한다.
   매일 조금씩 나를 채워 가자. 내 속의 잡초를 뽑자고 온 힘을 기울
이기보다 그 옆에 예쁜 꽃 하나씩 심어 가자.

2021. 10. 9.

나는 나를 사랑하고 믿어 주는 사람이라는 것!
어느 누구도 나를 충족시키고,
만족시킬 수 없다. 오직 나만이 할 수 있다

기적의 5시 방, 오랜만에 만나 뵙게 된 멤버의 요점 정리(EJ 언니)

첫 번째,
나에게 올라오는 불편한 감정들에는 이유가 있다고 한다.
이럴 때는 나의 무엇이, 어떤 감정이 충족되지 않았기에
이런 감정이 올라오는 것일까 점검이 필요하다.
감정이 충족되었다. 감정이 충족되지 않았다.
화가 났다.
나의 어떤 감정이 충족되지 않았을까.
나는 이해받고 싶었다.
나는 공감받고 싶었다.
나는 존중받고 싶었다.
이런 것이 충족되지 않아서 화를 냈다.

내가 먼저 나에게 줄 수 있다.
내가 나를 이해해 주고,

내가 나를 공감해 주고

내가 나를 존중해 줄 수 있다.

나의 충족되지 않은 감정들이 충족된 후 대화를 한다면,

나의 뾰족한 마음이, 나의 화가 상대방을 향해 가지 않을 것이다.

어느 누구도 나를 충족시키고, 만족시킬 수 없다.

오직 나만이 할 수 있다.

내가 나를 믿어 주고,

내가 나를 사랑해 줄 때만, 내가 성장할 수 있는 시작점이 되는 것이라고 생각한다.

그래서 결론은 나는 나를 사랑하고 믿어 주는 사람이라는 것이다.

두 번째,

마음의 성장은 나선형이다.

나무는 항상 그 자리 그대로이지만,

나의 성장 위치가 어디냐에 따라 내가 볼 수 있는 것들이 달라진다.

내가 현재 어느 위치에 있는지를 항상 점검하고,

내가 지금 무엇을 보고 있는지 확인하는 작업이 필요하다.

높은 곳에서 멀리 내다보고,

넓고 편안한 마음을 가진 여유 있는 사람이 되어야겠다.

자기 점검에서 자기비판이란
함정에 빠지기 쉽다

새벽 5시 기적의 방에 모인 마인드가드너 임주리 대표님, 멤버들과 함께한 귀한 시간 고맙습니다.

우리가 매일 맞이하는 현실에서 매 순간 일어나는 자극과 반응 사이 공간이 필요함을 절실히 느낀다.

또 공간 없이 자극이 바로 튀어나온 순간들에 있어 나를 반성하고 성찰하면서 자기 점검을 한다.

여기서 함정에 빠지기 쉬운 자기 점검에서 자기비판으로 가지 않도록 이 문제는 네 거, 내 거를 잘 구분 지어야겠다. 또 물 흐르듯 산다는 것, 나에게 꼭 필요한 지침이다. 있는 현상 그대로 바라만 보는 것도 대단한 인내심이 필요하다. 그 현상 속에 내 감정, 생각을 집어넣지 않고 있는 그대로 통으로 보는 연습이 필요하다. 조직에서 협력하고 협업하며 협동하는 이 모든 것은 한뜻으로 시작하자는 마음, 자세에서 시작된다.

같은 일, 공평성, 형평성에만 꽂혀 있기보다는 한뜻으로 한다는 마음, 자세를 파트너십이라 함을 다시 상기한다. 상대가 뾰족한 건 존중과 이해를 받고 싶다는 것과 그것을 외부에서 찾는 것이 아닌 내부에서 찾아 내 마음을 들여다보며 "내가 이해를 받고 싶어 하는구나!" 또 "내가 충족되어 있지 않구나!" 하고 먼저 살펴야 한다는 것이다. 우리의 말과 행동에는 저마다 의도가 있다. 나 스스로 나를 존중하며 충족시켰을 때만이 내 안이 꽉 채워지며 상대와 대화할 때 '대화의 힘'이 있다는 사실.

"세계 사람들, 내가 나라고 믿는 모두가 나다!" 곧 우주 만물 대자연이 부모이다.♡

'자기반성' 매일의 깨달음, 알아차림

(소소한 일상 이야기)

● 잘한 일 하나

점심시간에 한의원 이용, 저녁에 퇴근 후 바로 귀가, 첫째 둘째가 먹고 싶은 버거, 귤 사서 맛있게 먹는 모습을 보며 감자볶음, 건어물 반찬을 정성스럽게 만들어 줄 수 있음에 감사, 감사, 감사!

● 잘못한 일 하나

친정엄마를 떠올리면 화, 짜증, 신경질 등 부정적인 생각과 감정이 먼저 떠오른다. 유년 시절부터 부정 스트로크[5]를 받으며 자라 왔던 어린 시절의 나에게 이제 그만해도 된다고 괜찮다고 말한다. 그 부정 스트로크를 지금 내 사랑하는 가족과 자녀에게 고스란히 주려 하는 건 아닌지 반성한다.

---

5) 인간이 살아가는 데 필요한 언어적, 비언어적 인정 욕구

각자 피해 의식 속에서 가해자라는 사실을
알아차리는 순간! 난 어떻게 잘 해결할 수 있을까?

● **잘한 일 하나**

생각의 전환, 날카롭고 화, 짜증의 나를 설정하는 것이 아닌 재치 있고 유머 있는 나로 재설정함에 감사, 감사, 감사!

● **잘못한 일 하나**

피해 의식자들을 대할 때 그들은 내가 가해자라 생각할 테고 또 그런 분들을 접할 때면 자기반성을 하려 한다. 역시 겸손하지 않았고 상대로 존중하지 않았고 그래서 신뢰를 얻지 않게 되고 화가 날 일이 아님에도 날카롭게 쏘아붙이는 말투, 내가 다른 표현 방법을 선택할 수 있다. '왜'가 아닌 '어떻게' 하면 해결할 수 있을까 생각하며 나를 되돌아본다.

외로움 그리고 채워지지 않는 공허함

오랜만에 반가운 임주리 대표님과 1:1 대화를 하여 고마움과 감사함을 전합니다.

10살 때 외로움을 달래기 가장 좋은 건 강아지 인형이었다. 지금도 그 인형이 있다. 인형을 무척이나 좋아하고 애정을 쏟은 이유는 인형이 마음의 공허함을 달래 주는 포근하고 따뜻한 엄마 품 같아서였다.

첫째도 인형에 대한 애착이 나처럼 강하다. 그래서 그 마음을 모른 척할 수 없다. 물론 내 어린 시절에 대한 외로움을 부여잡고 첫째가 그 버튼을 눌러 주기만을 기다리는 사람처럼 보일 수도 있지만 첫째 방에 침대의 반 이상을 차지하고 있는 인형들은 첫째 마음속의 공허함을 달래 주지 않는다. 엄마, 아빠가 옆에 있지만 있어도 공허한 마음을 인형으로 해소하려고 하는 것은 아닌지? 그런 첫째에게 사랑을 10배는 더 많이 줘야 함을 오늘 대화를 통해 다시 한번 상기하게 된다.

※ '첫째에게 인형은 어떤 존재인가?'라는 질문을 되새겨 본다.

내 욕망을 채우기 위해 가족과 애완동물에게 그 욕망을 전가하고 있지는 않은지?

나 좋자고 가족을 내 욕망대로 이끌어 가고 있지는 않은지 되돌아본다.

며칠 전 첫째, 둘째가 말과 행동으로 싸움이 있었다. 화와 회초리가 아닌 나름대로 생각한 것이 반성문 쓰기였다. 그 훈육에서 가장 중요한 것이 하나 빠져 있다는 것을 알았다. 바로 공감이다. 첫째가 둘째와 말과 행동으로 싸우게 된 이유를 먼저 물어보고 각자의 입장에서 '답답하고 힘들고 화났을' 그 순간의 느낌과 감정을 공감해 주었어야 했는데 첫째가 둘째에게 "죽여 버린다."라고 하는 말만 듣고 그런 말은 하면 안 된다고 훈육했다. 왜 그 말을 할 수밖에 없었는지 앞뒤 이야기를 충분히 듣고 난 후 그런 거친 말들이 많이 거슬리고 그렇게 하지 말라는 대화가 필요했다. 그러므로 욕이나 거친 말이 아닌 "나 정말 많이 화가 나!"라는 표현으로도 상대방에게 잘 전달된다는 훈련이 필요함을….

그리고 첫째에게 잘 참아 낸 대견함과 격려를 마구마구 쏟아부어 주어 마음의 안심을 시켜 주는 것이 중요하다는 것을 다시 한번 상기한다.

내 감정 표현 제대로 하기는 사회생활에서도 어른들이지만 제대로 훈련을 받지 못한 어른들에게 나오는 표현 중에 욕을 하면서 상대를 제압하고 강해 보이며 자기의 화가 난 상태를 거친 표현으로 배출하는 어른들도 주위에서 종종 보게 된다. 내 아이가 그런 어른으로 자라지 않도록 지금부터 한 발짝 한 발짝, 한 걸음 한 걸음 학습과 훈련이 필요함을 느끼며 짜증과 화가 먼저 나왔던 나 또한 지금 내 상태가 어떠하다는 것을 말로 풀어 상대에게 잘 전달하는 훈련이 필요함을 다시 한번 반성하고 성찰하며 학습하는 좋은 시간이었습니다. 끝까지 읽어 주셔서 고맙고 감사합니다. 좋은 한 주 보내세요~♡

화가 나는 이유? 짜증이 나는 이유?
내 감정 들여다보기(손해 본다는 느낌?)

● 잘한 일 하나

  내 시간을 누군가에게 빼앗기고 손해 본다고 생각하면 짜증과 화가
남을 발견한다. 뒤집어 손해를 보는 것이 아닌 그 순간을 즐기면 깨달
음과 이익이 더 생긴다고 생각의 관점을 바꾼다. 감사, 감사, 감사!

● 잘못한 일 하나

  영화 보러 갔다가 급행을 잘못 타서 왕복 2시간 이상을 전철에서
보내며 첫째에게 다시는 영화 보러 안 간다고 한 말…. 왜 첫째 탓으로
돌리고 있는지, 꼭 그렇게 말을 했어야 편했는지? 3시간 이상이라도
첫째와 함께하는 그 순간들이 소중하고 좋은 일 아닌지? 나를 되돌아
보며 반성한다.

상대가 경쟁자라고 드는 생각은
누구의 생각에서 나온 것인가?

● 잘못한 일 하나

　상대가 나와 경쟁자라고 생각하며 그 생각을 부여잡고 증거 수집하고 있는 나를 발견한다. 상대는 경쟁자가 아닌 파트너로 재설정한다.

2021. 11. 18.

자기반성과 깨달음

● 잘한 일 하나

　누군가에게 기쁨을 주면 나의 기쁨은 두 배가 된다는 것을 롤링 편지를 쓰면서 깨닫게 되었습니다. 감사, 감사, 감사!

● 잘못한 일 하나

　재테크를 해야 한다는 것을 머리로만 알지 몸으로 적극적인 행동을 하지 않고 주춤하고 있는 나를 발견한다. 좀 더 적극적으로 행동할 수 있도록 반성한다.

2021. 11. 25.

우리는 모두 연결되어 있고 삶은 부메랑이다

2018년 회사에서 있었던 일이다. 경력에 비해 직급을 내려서 입사하게 되었고 일반 회사와 달리 한 사람의 권위로 나머지 사람이 업무, 일에 불만이 가득했던 기억이 있다. 여자 상사는 노처녀인데 아랫사람을 자기 멋대로 부리면서 자기 눈에 들지 않는 이들은 거침없이 짓밟는 꼬락서니를 볼 때면 열불이 났다. 그런데 그 희생양 중 한 명이 나였다.

난 회사에서 돈을 벌어야 했고 2018년도 취업난으로 힘든 시기였기에 취업만 되면 어떻게든 버틴다는 의지로 입사한 터라 쉽게 나올 수도 없었다. 그렇게 두 해를 넘기게 되었다. 일도 보수적으로 20년 전 시스템으로 돌아가다 보니 시간은 더 들고 몸은 고되고 개선되는 시스템은 묵살되며 매월 받아야 하는 월급 하나로 견뎌 냈던 내가 떠오른다.

그때 내 심정은 그냥 버티는 거였다. 노처녀 상사가 본 나는 자기 성에 차지 않는 뻔뻔한 사람으로 보였을지도 모른다. 제대로 알지도 못하고 전문적일 것이라 생각했는데 성에 차지 않으니 나 스스로 지키려 했던 당당함을 뻔뻔함으로 오해해 깔아뭉개고 싶은 충동이 일렁이지 않았을까? 갓 들어온 신입 직원보다 하대하는 언어와 말투는 내 인신공격을 격파하며 나를 능력 없는 자로 공개적으로 끌어내리기 일쑤였다. 세상의 순리란 참 신기하고도 무섭다. 이런 경험이 있는 내가 지금 회사에 나와 비슷한, 당당함이 뻔뻔함으로 보이는 자에게 "지적질에 대한 이해를 못 하는 것이 문제다."라고 말하고 있는 것을 볼 때 당시 노처녀 상사도 나와 같은 기분이었겠거니 싶다. 우리 모두가 연결되어 있고 인생은 부메랑이라고 했던가? 결국 난 지금에서야 노처녀 상사의 마음과 피해 의식에 사로잡혀 있었던 나를 바라본다. 그 안에서도 지금도 나는 언제나 가해자 역할이라는 것을 나와 함께하며 같은 공간에 있어 주는 사람들에게 고마움을 느낀다. 이런 나를 그냥 있는 그대로 바라봐 주는 이들에게 이제부터 가해자가 아닌 서로 도움을 줄 수 있는 파트너십을 선택한다. 피해자가 많으면 그 피해자가 가해자가 되어 더 많은 피해자가 생기듯 애정 어린 말과 행동이 더 많은 파트너십을 만들어 서로 보완이 되고 같이 성장할 수 있는 오늘 지금 이 순간부터 선택을 해 본다.

나에게 아직까지도 솔직하지 않구나!

"열 길 물속은 알아도 사람 마음속은 모른다."라고 했던가? 꼭 나를 보고 하는 소리인 듯하다.

올 한 해 기적의 5시 방 덕분에 시모, 친모 두 분께 매일 아침 사랑과 감사함을 보내는 문자를 보낸 지 반년이 지났습니다. 오글거리는 감정을 뒤로하고 눈 한번 찔끔 감고 보내던 것이 아침마다 습관적으로 보내고 있고 반갑게 받아 주시는 두 어머니께 고맙고 감사함이 마음속 깊이 일렁였습니다.

하지만 막상 대면하면 무엇이 그렇게 어색한지 어색한 벽 하나가 투명하게 가려져 있음을 느끼게 합니다.

아닌 척, 잘하는 척 문자처럼 사랑하는 척은 하지만 속마음 깊은 곳에서는 아직도 어색함이 아주 많이 깔려 있습니다. 금요일 오후 5시경 시모께서 오셨고 반갑게 맞이하며 저녁에 어머님이 솜씨 좋게 비빔밥을 준비하시고 옆에서 보조 맞춰서 음식을 같이 만들며 익히기도 하면서 맛있는 비빔밥을 뚝딱했습니다. 배 두드리며 방으로 와서 피아노를 치고 책도 폈다 덮었다 하면서…. 뭐랄까? 이 허전한 감정은 무엇일까요? 낯설고 이상하고 오묘한 이 느낌? 예전 어머님과 10년 이상 동거

하면서 티격태격 달그락 덜그럭거리면서 지냈던 기억과 새롭게 새로운 집에서 네 식구만 있던 공간에 새롭게 어머님이 오신 것을 볼 때면 아련한 마음이 들고 반갑기도 하면서 꿀렁꿀렁 예전 답답했던 감정들이 스멀스멀 올라오는 걸 볼 때, 무엇이 해결되지 않은 것인지? 겉으로는 "사랑한다. 감사하다."라고 하면서 당장 정감 있는 대화와 소통은 단절되어 있는 것, 깊게는 들어가지 않고 어느 정도 경계를 두려 하는 나를 바라봅니다. 어떤 두려움과 무서움이 나를 집어삼킬까? 정답게 접근하지 않고 이렇게 얼음으로 냉랭하게 경계를 취하고 있는 걸까? 여러 생각과 감정이 오가는 시간입니다.

2021. 11. 28.

내가 무엇을 하고 싶은지 결정하는 것보다
어떤 사람이 되고 싶은지 결정하는 것이
낫다고 했던가?

사람들이 '짜증 나고', '신경 쓰이고', '답답하고', '불편한' 그런 존재라면 접근 방식을 '기쁘고', '반갑고', '즐겁고', '편안한' 그런 존재로 재설정해 보는 건 어떨지? 그들에게 선의로 접근했는데 선의를 선의로 받아들이지 못하는 것은 그들의 선택!

그런데 지금 난 당장의 결실과 인정을 갈구하고 원하고 있지는 않은지? 이제 막 씨앗을 뿌리기 시작해 놓고 며칠 아니, 일주일 아니, 한 달

사이에 커다랗고 풍성한 사과 한 그루가 뚝딱 자라기를 원하고 있다.

2014년 여름 둘째를 출산하고 회사에서 온갖 스트레스를 견디다 못해 새벽 수영을 등록해 작년 1월 코로나19가 터지기 전까지 다녔다. 그곳에서 SN이라는 20년 띠동갑을 만났고 난 언니 언니 하며 잘 따르고 나이보다는 생각과 사고가 유연하며 다양한 정보를 끊임없이 나에게 흘려보내 주는 언니가 고맙고 감사했다. 사람을 잘 믿지 못하고, 의심을 자주 하던 나였기에 애정 어린 말과 행동에도 나 같은 사람에게 잘해 주는 이유가 뭘까 생각하며 있는 그대로의 사랑을 인정하며 받지 않았다. 그렇게 6년이 흐르고 2020년 하반기에 SN 언니는 평택으로 이사를 가셨다. 항상 배우고 공부하며 사람들에게 베풀기를 좋아하는 언니는 그 바쁜 일상에서도 내 전화를 반갑고 소중하게 받아 주셨고 힘들 때는 정신적 지주가 되어 주셨다. 나에게 커피숍에서 몇 시간씩 시간도 내어 주시고 함께해 주시고 집을 알아볼 때도 컴퓨터로 같이 알아봐 주시고 잠시나마 낯선 부동산 업체에서 보름 동안 일할 때도 같이 함께해 주셨다. 내가 2를 드렸다면 언니는 그 이상을 주셨던 분이고 내 인생의 귀인이셨다.

경제적 여유를 가진 분이시지만 검소하시고 겸손하시며 부지런하셨다. 상대를 존중해 주며 모든 이에게 신뢰를 주신 분, 천주교 신자로 나의 대모가 되어 주셨으면 했던 분…. 지금은 자식이 있는 미국으로 들어가셨는지 연락이 통 안 된다. 2022년 2월 22일 들어가신다고 말만 들었는데 미국 가시기 전 따뜻한 밥 한번 사 드리고 싶었는데 아쉽고 보고 싶고 진실하셨던 그 사랑을 있는 그대로 받지 않고 의심하고 경계했던 것이 너무 아쉽다. 어려서부터 사람을 믿지 말라고 잠재적으로 깔려 있던 센서가 고장 난 듯하다. 사람을 믿지 말라는 것이 아닌 불안해하는 내 마음을 믿지 말아야 할까? 사람들의 선의를 내 선입견으로 판단하고 해석하는 시간에 그들에게 고마움과 감사함을 배로 얻어 간다면 얼마나 더 행복할까?

지금 내 주위의 사람들에게 이제는 SN 언니가 나에게 베푼 사랑을 조금씩 흘려보내려 한다. 많이 서툴겠지만 어디서부터 어떻게 흘려보내야 할지도 잘은 모르지만 내가 처음 경계한 것처럼 사람들은 선의를 제대로 받아 본 적이 거의 없는 이가 많아 의심 먼저 하고 판단과 해석이 교차하는 반응을 보곤 한다. 그 모습에 섭섭하고 아쉽고 서운하지만 지금 함께하고 있는 이 순간이 아니더라도 먼 훗날 나를 기억하며 생각이 떠오르는 사람 중 한 명이라면 그것으로 되었다. 너무 지금 당장의 결과와 결실을 바라고 있지는 않은지? 올 초반 친언니에게 정신적 의지를 심하게 했던 내가 언니로부터 진정 독립한 그날을 기억한다. 외롭고 고독하며 뭔가 공허한 감정들이 웃돌던 때, 나는 달렸다. 매일 산책하며 나와 1:1 대화를 했다. 난 언니를 사랑한다고 했지만 내 이득을 위해 사랑으로 포장했던 나를 발견했고 그로부터 더 이상 언니를 힘들게 하지 말자는 의식의 변화가 일렁인 날을 기억한다. 어쩜 난 SN 언니에게도 더 많은 정보를 얻고자 연결을 원했던 것은 아닐까? 내 실속을 챙기려고 찾고 있지는 않나? 사랑, 존경, 멘토라는 포장된 말로 언니를 내 안에 잡아 두고 싶어 한 것은 아닐까? 이런 생각들이 올라온다.

거듭난 사람, 현상에서 깊은 뜻을 가지고 살아가는 사람들에게

기적의 5시 마음 공부방에서 반복적으로 내 마음에 흘러들어 온 말…. 우리는 모두 연결되어 있고 우리 모두는 하나이다. 너와 나 몸은 각자의 모습을 하고 있지만 마음은 하나의 공동체로 연결되어 있음을 많이 강조해 주셨고 그 깊은 뜻과 의미를 내 몸 구석구석에 새겨 놓았는데, 막상 현실 속 사람들과 마찰, 대화 속에서 연결되어 있던 그 마음이 깡그리 사라지고 당장의 감정에 모든 에너지를 쏟고 있는 나를 발견한다.

삶의 이상을 꿈꾸며 다 같이 부자가 되고 행복한 세상을 만들어 가고 싶다는 신념과 폭넓은 생각, 감정을 가지고 시작하면서도 작은 감정에 얽매여 있는 나를 볼 때면 모두 다 부질없는 노릇, 부질없는 생각이라며 단념하게 된다. 내가 뭐라고 세상을 바꿔? 지금 당장 상대를 존중하지도 헤아리려 하지 않고 신뢰와 겸손은 멀리 던져 버린 상황에서 좋은 관념, 이상이 된 꿈은 온데간데없다.

참 서글프고 쓸쓸하며 아쉽고 이러다 마는 건가 하는 감정이 떠오를 때면 속상하고 마음이 아프다. 세상을 살면서 정답이 없다고 했던가? 지금 이 순간도 난 답을 찾고 있는지도…. 세상에는 답은 없고 각자 신념과 세상을 어떻게 바라볼지 매일매일 선택과 책임 속에서 오늘도 살아가고 있는 우리와 나이다.

난 오늘 어떤 생각의 선택을 할까? 난 어떤 감정의 선택을 할까? 난 어떤 말과 행동의 선택을 할까?

그 행함이 나를 위함일까? 너를 위함일까? 우리 모두를 위함일까?

긍정 에너지는 긍정 에너지를, 부정 에너지는 부정 에너지를 낳는다. 내 안의 에고가 그런다. "네가 세상에 도움을 줄 수나 있을 것 같아? 정신 차려. 지금 당장 너 자신을 바라봐. 자식이나 잘 챙겨." 생판 모르는 사람들 신경 쓰느라 정작 내가 소중히 지키고 보살펴야 하는 사람들을 놓치고 있는 건 아닌지? 어설프게 군자가 되겠다고 설치다가 이도 저도 안 되겠구나 싶어 내부에 충실하고 외부에는 형식적이겠지만 적당히 하자! 여기서 "뭣이 중헌디." 등장.

사람들은 각자 삶을 사느라 다른 사람들에게 관심 없다. 내 이득이 있으면 어떻게든 관심을 기울일 테니 말이다. "어떻게 행할지를 자세히 주의하여 지혜 없는 자 같이 하지 말고 오직 지혜 있는 자 같이 하여 세월을 아끼라" 성경 한 줄, 에베소서 5장 15~16장

자극을 주는 사람들은 내면 깊숙한 곳의 '나'이기 때문

● 잘한 일 하나

좋은 인연과 만남을 이루게 해 주심에 감사, 감사, 감사!

● 잘못한 일 하나

상사가 아랫사람에게 털어놓는 고민 또는 하소연을 듣고 거북함을 느낀다. 그리고 상사를 무시하며 화를 내버린 그 순간을 반성한다. 짧게나마 공감 형성을 원했던 건 아닐까? 그때의 공감을 난 받아 주지 않았다. 받아 줄 필요 없다고 판단 내려 버렸다. 상대의 말을 우선 끝까지 들어 주는 인내가 필요하며 사후 그 생각에서 건져 줄 수 있는 대화가 필요하지 않을까?

2021. 12. 9.

켈리 최 "죽도록 열심히 한다고
부자가 되는 건 아니다"

그녀의 말속에는 진실이 느껴진다.

10분 책 읽기, 10분 운동, 10분 경제적 자유를 얻어 생활하는 모습을 상상한다.

매일 계속적, 반복적으로 시행해 보자!

● **잘한 일 하나**

아침 산책하며 명상하고 자기반성과 성찰함에 감사, 감사, 감사!

● **잘못한 일 하나**

나만 옳고 내 생각과 판단, 해석이 옳다며 잠시 생각한 나를 되돌아 보며 반성한다.

이 세상에 사람들은 왜 태어났을까?

이 세상에 사람들은 왜 태어났을까?

"사람은 자기 자신을 아끼면서 다른 사람을 도우려고 태어났다."

『탈무드(사람이 태어난 이유)』 中

● 잘한 일 하나

현상 있는 그대로 보기가 하루하루 몸에 배어, 성장한 감정이 나를 바라볼 수 있음에 감사, 감사, 감사!

● 잘못한 일 하나

같은 상황에서 개인적인 해석과 판단으로 감정이 들어가면서 짜증과 화가 남을 발견한다. 신랑을 탓하거나 답답해하는 건 내가 그 모습이 있기에 반응하는 것은 아닌지 나를 되돌아본다.

겸손하지 않았고, 작은 일에 집중했다, 부정적인 자세로 임했다

1. 협업의 꼭 필요한 세 가지 기둥!

   "겸손하라, 존중하라, 신뢰하라.", "겸손, 검소, 부지런하라."

2. 고민(긍정, 부정) 갈등이 생길 때 당장의 작은 일에 집중하지 말고 넓고 크게 보는 시야를 갖도록 한다.

3. 낙관적인 자세를 연습하라.

   장애물이나 문젯거리를 언급하는 사람이 있으면 그것을 '기회'나 '가능성'으로 바꿔 말하라.

   부정적인 사람들은 속 터질 노릇이겠지만 달라질 게 뭐가 있겠나? 어차피 그들은 끝없이 자기 속을 긁어 대고 있다!

4. 지렛대 원리→사업, 사람

   온라인, 오프라인 모두 사람을 바탕으로 이루어진다. 난 사업가 마인드를 갖기 위해 사람을 이해하고 잘 다룰 수 있어야 한다. 곧 사업의 핵심은 사람이다. 사람과의 관계가 원활할 때 비로소 사업도 성공한다.

   "튀고 싶지 않으면 무리 속으로 숨어라." 튀기 싫어하는 행동과 말이 곧 도드라지게 나를 표출하고 있지는 않은지? 나 빼고 다 비정상이라고 해 봤자 비정상 속에서 정상은 비정상으로 보일 뿐! 그 무리 속으로 숨어라!

2021. 12. 20.

어제+오늘이 곧 미래(왜가 아닌 어떻게,
잡초를 뽑기보다 주위에 꽃을 심어라!)

최근 도서관에서 읽은 책 구절이다. "이 세상에 사람들은 왜 태어났을까? 사람은 자기 자신을 아끼면서 다른 사람을 도우려고 태어났다." 성장하기 위해서 더욱 나은 삶, 매일의 발전된 나를 만들기 위해서 어제와 오늘이 같아선 안 된다. 오늘이 바뀌어야 내일의 발전이 있고 그 오늘이 어제가 되어 어제+오늘이 곧 미래가 된다.

껄끄럽겠지만 오늘 하루 잘 보내 보자! 두렵다. 무섭다. 떨린다. 애석하다. 새벽부터 이런 감정들이 올라온다.

내 나이 41, 내년에 42, 내가 근로자로 언제까지 일할 수 없지 않나 하는 생각이 올라오면서 속이 매스껍고 울렁거린다. 지금은 매월 생활비와 미래를 위해 근로자 생활을 하면서 경제적 자유를 꿈꾸고 있지만 언제까지 근로자 생활을 해야 할지, 언제까지 회사에서 나를 써 줄지, 알 수 없는 현실 속에서 삶의 일부 애석함이 밀려온다(두렵다. 무섭다. 떨린다. 애석하다).

오늘 아침 미래에 대한 불안함, 두려움 등 밀려오는 감정을 잠시 글로 적어 보았습니다. 저만 그러지 않을 테지만 2021년이 2주 남은 시점에서 미래에 대한 불확실성이 밀려오는 시간입니다.

<의식의 변화>

　내가 이러는 언행에 왜 그럴까가 아닌 어떻게 하면 편안함, 행복함의 확실성을 만들어 낼까를 선택하며 나에게 있는 마음 잡초를 뽑기보다 매일 내 주위에 마음 꽃 한 송이씩 심어라!

손해 본다, 손해 보지 말아야지!

    최근 며칠 제 일상에서 쌈닭 출현이 비일비재하네요. 제가 어디에서 자극을 받나 했더니 제가 손해 본다 싶으면 쌈닭으로 바뀐다는 사실….

<코칭>

    나의 버튼을 알아차림에 축하!

    이제 나 스스로 그 버튼을 누르지 않을 수 있게 되겠다. ㅎㅎ

    손해 본다, 손해 보지 말아야지. 내가 제대로 받고 있나? 붙잡고 있으면 반복해서 그 일을 경험하게 된다.

    나는 이미 충분히 가지고 있고, 충분히 누리고 있고, 그래서 아낌없이 베풀고 나누는 존재로 살아 봐. 그것이 감사이고 사랑이지…. 이제 싸우거나 화낼 일이 없겠다.^^

2021. 12. 31.

내 안의 에고에게, "난 지금 안전해, 괜찮아!"

못된 시누이 같은 내 에고가 날뛰는 건 나를 지키기 위해서다.

내가 손해 볼까, 위험할까 싶어서 나를 지키고 보호하고 싶어 한다는 것, 내 안의 시누이가 속삭일 때면 "괜찮아. 잘될 거야! 알려 줘서 고맙다!"라고 내 안에 있는 에고에게 감사함을 전한다.

그동안 못된 시누이 에고가 등장할 때면 "쓰레기 같은 생각은 취소다. 알려 줘서 고맙다."라고 말했다. 그 순간 조잘대던 에고가 쏙 들어갔다. 반면 나를 지키고 위험으로부터 오는 경고를 무조건 쓰레기 취급한 것은 아닐까?

생각해 본다. 멈출 수 없이 떠들어 대고 있는 못된 시누이 에고에게 단호하게 "쓰레기 같은 생각은 취소다."라고 말할 수 있어야 하고 잠시지만 나를 지키기 위한 에고에게 나 괜찮다고 안전하다고 오히려 내 안의 어린 에고를 안정시키고 다독여 줘야 한다는 것을 알게 되었다.

첫째가 매일 반복적으로 하는 자가 학습 기기를 당연히 해야 한다고 설정해 놓고 하도록 강요하고 있는 건 아닐까 되돌아본다. 그동안 칭찬받고 인정받고, 지지와 격려, 응원은 온데간데없고 구박과 질타, 강요만 해 온 것은 아닌지? 그런 말들, 잔소리를 들으면서 이 아이는 얼마나 속상했을지 생각해 보면 첫째 안의 어린 에고도 내 잔소리를 본인 스스로 하게 되는 부정 스트로크의 연속이 아닐까 생각하고 반성한다.

난 일만 잘하고 사람들하고 잘 어우러지지 않아. 사람들은 나를 기피해. 난 사람들을 어렵게 하고 사람들은 나를 어려워해. 그래서 사회생활에서 난 외로운 존재야. 외롭게 있을 거야. 모두 내가 설정한 에너지이다.

그 기피하는 에너지 파동을 사람들에게 뿜어내고 있고 그로부터 연결되는 반응과 행동을 사람들에게 받고 주고 있는 것은 아닐까? 이런 사람 기피 현상, 사람과의 관계가 어렵다는 설정을 하므로 나에게 얻어지는 것은 무엇인가?

혼자만의 시간, 자유로움, 내 멋대로 마음대로 하고 싶은 마음! 누구에게도 간섭을 받고 싶지 않고 사람들이 나를 그냥 내버려 두기를 원함일까? 오히려 그 반대의 성향이다. 관심받고 사랑받고 서로 잘 어우러져 살아가고 싶다.

사람들에게 어떻게 다가가면 좋을지, 어떻게 하면 점차 좋아질지, 내 속에 있는 잡초를 뽑으려고만 하기 전에 내 주위에 향기 나는 꽃을 매일 심어 보자. 꾸준히!

마무리하며

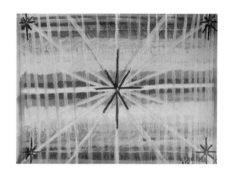

사랑, 맑음 그리고 빛

터널 안에 있어야만 빛이 들어오는 것을 알듯 내가 가졌던 어두운 감정들은 결국 빛을 보기 위해 터널 속에서 경험했다는 사실을 깨닫는 순간이다.

<사랑> 애정 결핍증처럼 누군가에게 사랑, 관심, 애정을 목말라했던 경험이 있었기에 사랑을 받는 것도 좋지만 줄 때의 행복이 더 크다는 것을 알게 되었다.

<맑음> 분노와 화가 있고 우울한 감정을 부여잡았던 경험이 있었기에 어떻게 하면 즐겁고 편안하고 안전한지 기분 좋은 감정 선택을 할 수 있게 되었다.

우리에게 일어나는 어두운 면은 빛을 보기 위한 준비 단계라는 것과 멈추지만 말고 꾸준히 나아간다면 내면에 빛이 기다리고 있음을 알게 된 귀한 시간이었습니다.

최근 지랄한 후 치유 시간이 일주일, 며칠, 하루, 몇 시간으로 단축되어 가는 경험을 하면서 제가 경험한 자가 치유 중 좋았던 몇 가지를 소개합니다.

첫째, 아침 산책, 30분~1시간 달리기, 달리면 두뇌에 산소가 공급되어 상쾌한 하루가 시작됩니다.

둘째, 블로그 등에 내 감정 상태를 글로 써 내려가면 머릿속 많은 생각과 불편한 마음이 한결 누그러집니다.

셋째, 매일 감사할 일 찾기! 주위에 잡초만 있어 마이너스를 끌어들이는 대신 매일 주위에 꽃 한 송이씩 심자는 마음으로 고맙고 감사한 일들을 글로 쓰고 보며 말함을 들을 때 플러스 긍정 에너지가 주위에 도는 느낌을 받습니다. 매일 좋은 하루로 좋은 감정 선택하는 하루 보내세요!

모두 사랑합니다. 행복하세요.♡

모든 사람이 임주리 대표님 강의와 열정으로 삶의 질이 향상되고 의식이 깨어나고 알아차려서 새 삶이 주어지고 이곳이 천국이라고 생각하며 살아갈 수 있는 날을 꿈꾸며 살짝 소개해 봅니다.

전문 분야: 관계, 심리 상담 코칭
한국맘코칭센터 임주리 대표(마인드가드너)

손해 본다. 손해 보지 말아야지!

1판 1쇄 발행 2022년 8월 17일

저자 사랑나무(강수정)

교정 주현강 **편집** 김다인
마케팅 박가영 **총괄** 신선미

펴낸곳 하움출판사 **펴낸이** 문현광

이메일 haum1000@naver.com **홈페이지** haum.kr
블로그 blog.naver.com/haum1000 **인스타그램** @haum1007

ISBN 979-11-6440-197-0(03810)